लापता लड़की

[कहानी संग्रह]

लापता लड़की

अरविन्द जैन

राजकमल प्रकाशन
नयी दिल्ली पटना इलाहाबाद

ISBN : 978-81-267-2327-0

मूल्य : ₹ 195

पहला संस्करण : 2012

प्रकाशक : राजकमल प्रकाशन प्रा. लि.
1 बी, नेताजी सुभाष मार्ग
नई दिल्ली-110 002

शाखाएँ : अशोक राजपथ, साइंस कॉलेज के सामने, पटना-800 006
पहली मंजिल, दरबारी बिल्डिंग, महात्मा गांधी मार्ग, इलाहाबाद-211 001

वेबसाइट : www.rajkamalprakashan.com
ई-मेल : info@rajkamalprakashan.com

आवरण : महेश्वर

मुद्रक : बी.के. ऑफसेट
नवीन शाहदरा, दिल्ली 110 032

LAAPATA LADAKI
Stories by Arvind Jain

दुनिया बदलने के नक्शे बनातीं
और
चुपचाप बारूदी सुरंगें बिछातीं
अंकिता, आकांक्षा, चेतना, सपना,
समीक्षा, छवि, संभावना, मर्यादा
और
स्व. ललित कार्तिकेय
की स्मृतियों
के नाम

ये कहानियाँ

वह निस्संग है, आखेटित है, लापता है। वही यहाँ है।

परम्पराएँ उसे लापता करती हैं। बाज़ार उसे निस्संग और उसका आखेट करता है। हर धर्म, हर जाति उसके संग ऐसा ही सलूक करती है।

ये कहानियाँ इसी स्त्री या लिंग संवेदनशीलता से शुरू होती हैं और इस लापता कर दी गई स्त्री की खोज का आवेशमय विमर्श बन जाती हैं। ये औरत को किसी घटना या किस्से के ब्योरे में नहीं दिखातीं, उसे खोजती हैं, बनाती हैं और जितना बनाती हैं, पाठक को उतना ही सताती हैं।

स्त्री लेखन स्त्री ही कर सकती है, यह सच है लेकिन 'स्त्रीवादी' लेखन पुरुष भी कर सकता है–यह भी सच है। यह भी सम्भव है, जब वह लिंग भेद के प्रति आवश्यक संवेदनशील हो क्योंकि वह पितृसत्ता की नस-नस बेहतर जानता है। मर्दवादी चालें! मर्दों की दुनिया में औरत एक जिस्म, एक योनि, एक कोख भर है और मर्दों के बिछाए बाजार में वह बहुत सारे ब्रांडों में बन्द एक विखंडित इकाई है।

अरविन्द, जो बहुत कम कहानी लिखते हैं, इस औरत को हर तरह से, हर जगह पूरी तदाकारिता से खोजते हैं। वैसे ही जैसे आस-पड़ोस की गायब होती लड़कियों को संवेदनशील पाठक खोजते-बचाते हैं।

अरविन्द कहीं पजैसिव हैं, कहीं कारुणिक हैं, लेकिन प्रायः बहुत बेचैन हैं। यहाँ स्त्री के अभिशाप हैं जिनसे हम गुजरते हैं। मर्दों की दुनिया द्वारा गढ़े गए अभिशाप, आज़ादी चाहकर भी औरत को कहाँ आज़ाद होने दिया जाता है!

अरविन्द की इन वस्तुतः छोटी कहानियों में मर्दों की दुनिया के भीतर, औरत के अनन्त आखेटों के इशारे हैं। यह 'रसमय' जगत् नहीं, मर्दों की निर्मित स्त्री का 'विषमय' जगत् है।

अरविन्द की कहानी इशारों की नई भाषा है। उनकी संज्ञाएँ, सर्वनाम, विशेषण सब सांकेतिक बनते जाते हैं। वे विवरणों, घटनाओं में न जाकर संकेतों, व्यंजकों में जाते हैं और औरत की ओर से एक जबर्दस्त जिरह खड़ी करते हैं।

स्त्री को हिन्दी कथा में किसी भी पुरुष लेखक ने इतनी तदाकारिता से नहीं पढ़ा जितना अरविन्द ने। ये कहानियाँ उनके उत्कट उद्वेग का विमर्श हैं और स्त्री के पक्ष में एक पक्की राजनीतिक जिरह पैदा करती हैं।

इन कहानियों को पढ़ने के बाद पुरुष पाठकर्ता सन्तप्त होगा एवं तदाकारिता की ओर बढ़ेगा और स्त्री पाठकर्ता अपने पक्ष में नई कलम को पाएगी—वहाँ भी, जहाँ स्त्री सीधा विषय नहीं है।

अरविन्द जैन का यह पहला कथा-संग्रह बताता है कि हिन्दी कहानी में निर्णायक ढंग से फिर बहुत-कुछ बदल गया है।

—सुधीश पचौरी

अनुक्रम

लापता लड़की

घूस-यार्ड

सूरज निकलने से पहले ही वह 'शूटिंग' के लिए निकल पड़ता और जब लौटता तो सड़क के किनारे-किनारे बसी झोंपड़ियों में से किसी बूढ़े आदमी के खाँसने की आवाज रह-रहकर सुनाई पड़ती।

गेंहुए रंग के 'रफ़ एंड टफ़' चेहरे पर उसकी बड़ी-बड़ी आँखों में शायद कोई 'टैलीलैंस' फिट था और दिमाग में 'माइक्रो फिल्म'। चलता हुआ वह घने जंगल के अँधेरे में अकेले टहलते चीते के समान लगता था, जरा-सी आहट होने पर उसके कान खरगोश की तरह खड़े हो जाते और पलक झपकते ही वह साँप की तरह गायब हो जाता। बुलबुल, मैना या मोर की आवाज सुनते ही उसके चेहरे पर बिज्जू-सी चमक आ जाती। दिन में वह कबूतर-सा शान्त मगर रात को रीछ-सा बेचैन नजर आता। बसन्त आता तो वह महीनों कमरे पर नहीं लौटता और रंग-बिरंगी तितलियों व फूलों की तलाश में भटकता रहता। आषाढ़ के दिनों में कमरे से बाहर ही नहीं निकलता और ढेरों किताबें दीमक की तरह चाट जाता। गर्मियों में छत पर सोता और देर गए तक चाँद का पीछा करता रहता। सर्दियों में सारी रात साल भर से जमा रद्दी

अखबार जलाकर आग सेंकता और सारा दिन कमरे में सोता रहता। 'शूटिंग' पर जाते हुए रास्ते में कहीं कोई नदी पड़ती तो कपड़े व झोला किसी पेड़ की खोह में रख देता और खुद घंटों मछली की तरह नदी में तैरता रहता। जमीन पर बने पाँव के निशान देखते ही वह फौरन समझ जाता कि कौन-सा जानवर यहाँ से गुजरा है और निशानों के पीछे-पीछे तब तक चलता रहता, जब तक निशान दिखना बन्द नहीं हो जाते।

कभी-कभी 'शूटिंग' से जल्दी निपट आता, तो लौटते वक्त वह पुराने किले के सामने कोर्ट-कैंटीन में जा बैठता। एक तो यहाँ खाना अच्छा मिलता, दूसरे कैंटीन रास्ते में ही पड़ती थी-सो समय खराब नहीं होता। तीसरा कारण यह था कि कैंटीन के बाहर-भीतर, इधर-उधर घूमते बिलाव, बलुटनें और बिल्लियाँ देखना उसे अच्छा लगता था।

वह जैसे ही कैंटीन के पास पहुँचता तो वहाँ आधे सफेद—आधे काले रंग के मोटे-ताजे बिलावों के पीछे-पीछे दुबली-पतली बिल्लियाँ और छोटे-छोटे बलुटनें घूमते हुए दिखाई पड़ते। दरवाजे के दाईं ओर पौधों की ओट में बैठे कुछ बिलाव और बिल्लियाँ नजर आतीं। एक बिलाव 'मॉडर्न ब्रेड' खा रहा होता तो दूसरा पंजों में दबाकर हड्डी पर बचा मांस नोच रहा होता। बिल्लियाँ टुकुर-टुकुर बिलावों की तरफ देखती रहतीं। उसे लगता कि इनके हाथ हड्डी नहीं लगी है। बिलाव हड्डी चूस-चासकर फेंक देते तो बिल्लियाँ उन्हें चाटने लगतीं। दरवाजे के दूसरी तरफ थोड़ी ही दूरी पर एक छोटा-सा पार्क था जिसमें कुछ बिलावों को घास पर लेटे देखकर उसे लगता जैसे धूप सेंक रहे हों। पार्क और दरवाजे के बीच के कमरे में टाइपिस्ट और कोर्ट-स्टैम्प बेचनेवालों की मेज-कुर्सियों के चारों ओर बिल्लियाँ घूमती रहतीं और बलुटनें कोने में दुबके बैठे रहते। खिड़की के नीचे कोई बिलाव सो रहा होता तो कोई घात लगाए बैठा होता। धीरे-धीरे चलती बिल्लियों को गौर से देखने के बाद पता चलता पेट से हैं। वह इतने ध्यान से इन्हें देखता रहता जैसे रिसर्च कर रहा हो। यह सब देखते-देखते वह बिलावों और बिल्लियों की रोचक व रहस्यमय दुनिया में खो जाता। उसे ध्यान

ही नहीं रहता कि वह यहाँ लंच करने आया था—समय बचाने के लिए और इतना समय बिलावों व बिल्लियों के चक्कर में बरबाद कर दिया।

उसे ध्यान आता तो वह जल्दी-जल्दी अन्दर घुसता और एक जगह खड़ा होकर बैठने के लिए जगह ढूँढ़ता, खाली जगह मिलती तो जाकर बैठ जाता और वेटर के आने का इन्तजार करता लेकिन उसके दिमाग में बिलाव व बिल्लियाँ घूमते रहते। वह सोचता कि इन पर सोचने से क्या फायदा? पर...

लंच करते हुए वह अकसर देखता कि एक मेज पर बिलाव 'कोल्ड कॉफी' पी रहे हैं तो दूसरी मेज पर बिल्लियाँ चाय की चुस्कियाँ ले रही हैं। बिलावों के हाथ कभी-कभी 'चीज़ सैंडविच' लग जाते तो कभी 'मटन हेमबर्गर'। बलुटनें और बिल्लियाँ जूठी प्लेटें चाटकर भी खुश नजर आते। जब कभी कोई बिलाव ऐसी प्लेटें बिल्लियों के लिए छोड़ देता तो बिल्लियाँ बड़े कृतज्ञ भाव से बिलाव की ओर निहारतीं और बिलाव बड़े गर्व से उन्हें देखता हुआ किसी और मेज की ओर बढ़ जाता। मोटे-ताजे बिलावों को वेटर 'सरकारी बिलाव' कहते थे। वैसे किसी बिलाव को वेटर 'प्रधान जी' कहते और किसी को 'महामंत्री'। वेटरों ने बिल्लियों के भी अलग-अलग नाम रख रखे थे जैसे किसी का बिजली तो किसी का शर्मीली।

एक दिन उसने वेटर को कहा, "भई, यह क्या है? देखो बिलाव और बिल्लियाँ इन बर्तनों में मुँह मारते रहते हैं और इन्हीं बर्तनों में तुम...।" चुपचाप सुनता वेटर बीच में ही बोल पड़ा, "साहब! हम क्या कर सकते हैं? आप ही लोगों के पाले हुए हैं।" दूसरा वेटर भुनभुनाता हुआ बोला, "जनाब! आप लोगों के सहारे इनका भी पेट भर जाता है तो इसमें क्या बुरा है?"

वह सुनता, सोचता, झल्लाता और कोने में लगे जाले, छत पर उलटे लटके चिमगादड़ और दीवार पर चिपकी छिपकलियाँ देखता रहता।

कभी-कभी लंच के बाद कैंटीन से निकलकर, सीढ़ियाँ चढ़ता और एयरकंडीशंड बिल्डिंग के अन्दर लाइब्रेरी में 'टाइम्स' या 'न्यूज वीक' पढ़ने बैठ जाता। यहाँ भी बिलाव और बिल्लियाँ उसका पीछा नहीं

छोड़ते। वह यह देखकर बहुत देर तक हँसता रहता कि एक कोने में ढेर लगी 'कॉस्टीट्यूशन' की मोटी-मोटी किताबों के बीच कोई बिलाव सो रहा है तो दूसरे कोने में कोई बिलाव 'इनकम टैक्स' और 'कम्पनी केसेस' के ढेर में घुसा ऊँघ रहा है। कमरे में तीन तरफ ऊपर तक लगी किताबों की हर अलमारी के नीचे कोई बिलाव ध्यानमग्न बैठा होता तो कोई चुपचाप अपने पंजे चाट रहा होता। कोई अपनी पूँछ गोल किए छत की ओर घूरता रहता तो कोई पंजों से अपनी खोपड़ी खुजलाता हुआ नजर आता। बिल्लियाँ सोफों के नीचे रेस्ट कर रही होतीं और बलुटनें बिल्लियों या बिलावों को ढूँढ़ते हुए इधर-उधर परेशान से घूमते रहते। अलमारी में लगी किताबों के पीछे से जब कोई बिलाव गम्भीर मुद्रा में निकलता हुआ दिखाई पड़ता तो उसे वह चिन्तन में डूबे किसी विद्वान प्रोफेसर-सा नजर आता। यह देखते-देखते उसकी नजरों के सामने बहुत-सी 'रिवाल्विंग चेयर' और उन पर बैठे बिलाव चक्कर काटने लगते।

रास्ते में उसे याद आता कि जब वह छोटा था तो पिताजी की मृत्यु के बाद रसोई में रखा दूध अकसर बिलाव पी जाता और उसे बिना दूध पिए ही स्कूल जाना पड़ता था। माँ ने बहुत उपाय किए, गाँव के बड़े-बूढ़ों से पूछा, कई बार शहर भी गई लेकिन...कभी-कभी तो हर दूसरे-तीसरे दिन बिलाव सारा दूध पी जाता। हारकर माँ ने छत के कुंडे से रस्सी बाँधकर काफी ऊँचा छींका बनाया और दूध वहीं रखकर सोती। इसके बाद भी बिलाव आता रहा लेकिन दूध उसके हाथ नहीं लगता। एक रात बिलाव ने जाने कैसे छींके तक छलाँग लगाई और दूध बिखेरकर अँधेरे में भाग गया। उस दिन के बाद बिलाव फिर कभी नहीं आया। उसे अब समझ आया था कि शायद यही कारण है कि वह अपने कमरे पर चाय बनाने के लिए डिब्बा बन्द दूध इस्तेमाल करता है। थोड़े दिन बाद तो उसे ऐसा लगने लगा जैसे वह जहाँ कहीं भी जाता है कोई-न-कोई बिलाव या बिल्ली नजर आ ही जाती है। कबाड़ी बाजार से लेकर संसद तक कोई ऐसी जगह नहीं, जहाँ उसने बिलाव या बिल्ली न देखे हों। वह जब भी उन्हें देखता कोर्ट कैंटीन उसकी आँखों के आगे

घूमने लगती। वह उन्हें देखता, पहचानने की कोशिश करता और बार-बार उसे लगता कि ये वही कोर्ट कैंटीन वाले बिलाव या बिल्लियाँ हैं। कभी-कभी उसे लगता जैसे इनका भी 'प्रमोशन' और 'डिमोशन' होता रहता है। तभी तो कोर्ट कैंटीन वाले बिलाव संसद कैंटीन में और संसद कैंटीन वाले बिलाव कोर्ट कैंटीन में दिखाई पड़ते हैं। कभी सोचता जैसे साइबेरिया से उड़कर पक्षी हर साल सर्दियों में भरतपुर आ जाते हैं, वैसे ही ये भी गर्मियों में कश्मीर, मसूरी या शिमला चले जाते होंगे। कभी उसके दिमाग में आता कि दूसरे देशों में जाने के लिए तो पासपोर्ट और वीसा बनवाने की जरूरत पड़ती है, तब वे कैसे जाते होंगे? वह घंटों तक उलझा रहता फिर यह सोचकर टाल देता कि हो सकता है कि किसी की टोकरी में छुपकर बैठ जाते हों और बिना पासपोर्ट और वीसा के दुनिया भर की सैर कर लेते हों।

'दि ग्रेट प्राइममिनिस्टर्स कॉलोनी' से गुजरते हुए उसने कई बार कुछ 'काले-बिलाव' देखे थे लेकिन वे कोर्ट कैंटीन में देखे बिलावों जैसे नहीं थे। एक दिन 'शूटिंग' से लौटते हुए उसने जाना था कि 'काले बिलाव' दरअसल बिलाव नहीं, जंगली कुत्ते हैं जो बहुत खूंखार होते हैं। बड़े-बड़े वनमानुष इन्हें अपनी सुरक्षा के लिए पालतू बनाकर रखते हैं। वह बार बार सोचता ये बड़ी-बड़ी कोठियों में खूब ठाठ से पलते होंगे। डनलप के गद्दे, एयरकंडीशंड कमरे, लम्बी-लम्बी कारें, मीट, मुर्गे, दूध, बिस्कुट...लेकिन बाद में उसे पता लगा कि वास्तव में ये जंगली नहीं हैं, इन्हें 'ट्रेंड' करके जंगली बनाया गया है और इनका काम बहुत जोखिम भरा होता है। वनमानुषों की जान बचाने के चक्कर में कई बार इन्हें खुद जान से हाथ धोना पड़ता है। कभी-कभी कोई जंगली कुत्ता पागल हो जाता तो वह वनमानुष की ही बोटी-बोटी करके चबा जाता। ऐसे पागल कुत्तों से तो वनमानुष भी डरते होंगे। फिर सोचने लगता कि कुत्ते पागल होते क्यों हैं?

कोर्ट कैंटीन जाते-जाते धीरे-धीरे उसने जाना कि यहाँ कोर्ट में जितने फाइलें हैं उससे कहीं अधिक चूहे हैं। कुछ अच्छे खासे मोटे-ताजे चूहे और कुछ थोड़ा कमजोर से। कुछ चूहे तो सचमुच मरियल और

बीमार नजर आते। कुछ तो तीन-तीन पीढ़ियों से यहीं हैं। कुछ चूहे आपस में लड़ते रहते और कुछ बेहद थके हुए उदास-उदास से घूमते रहते। मोटे ताजे चूहे हमेशा मस्त नजर आते। कुछ चूहे भारी फाइलों के नीचे दबकर मर जाते और किसी को पता ही नहीं लगता। ज्यादातर चूहे शायद इसलिए लड़ते थे कि एक चूहे ने दूसरे चूहे के बिल पर कब्जा कर लिया है या उधार लिया अनाज नहीं लौटा रहा है। चूहों और चूहियों के बीच अकसर इसलिए झगड़ा रहता कि चूहा चूहिया को ठीक से खाने के लिए नहीं देता, मारता-पीटता है या चुहिया को बिल से बाहर निकाल दिया है। कभी-कभी एक चुहिया, दूसरी चुहिया से इसलिए लड़ती कि चूहे के बिल व अनाज पर असली हक उसका है और वह ही चूहे की असली घरवाली है।

ऐसे चूहों की सुरक्षा के लिए बहुत सोच-समझकर 'एअर टाइट' दरवाजे और खिड़कियाँ बनवाई गई हैं। लेकिन कभी-कभार खिड़की खुली रह जाती तो बिलावों के हाथ कुछ चूहे आ ही जाते। अकसर बिलाव मोटे-ताजे चूहों पर हाथ नहीं डालते लेकिन कभी-कभी मोटा-ताजा चूहा अपने भार, बुढ़ापे और सुस्ती के कारण भाग नहीं पाता इसलिए बिलावों की पकड़ में आ जाता। किसी बिलाव के हाथ जब कोई मोटा-ताजा चूहा लग जाता तो वह बिल्लियों और बलुटनों के साथ मिल-बाँटकर खाता और उस समय ऐसा लगता जैसे किसी पाँच तारा होटल में कोई शानदार पार्टी हो रही हो।

जब कभी 'शूटिंग' पर जाने में देर हो जाती तो वह सुबह के नाश्ते के लिए भी कोर्ट कैंटीन चला जाता। उसने कई बार देखा था कि सुबह एक बड़ी सी नीली गाड़ी कैंटीन के सामने आकर रुकती। गाड़ी के अगले और पिछले दरवाजे से कुछ कुत्ते बाहर निकलते। पता नहीं क्यों मटियाले रंग के सभी कुत्तों के गले में चमड़े का पट्टा पड़ा रहता और हर पट्टे पर अलग-अलग नम्बर। कुछ कुत्ते गाड़ी के आगे और कुछ पीछे खड़े हो जाते। चारों तरफ से चौकन्ना कुत्तों की देख-रेख में गाड़ी के अन्दर से एक-एक करके बहुत से लोहे के पिंजरे निकाले जाते। हर पिंजरे में बंद चूहे के पंजों में लोहे के छोटे-छोटे छल्ले पड़े रहते और

हर छल्ले पर अलग-अलग नम्बर। पिंजरों में चूहे अधिक, चुहियां कम दिखाई पड़तीं। ध्यान से देखने के बाद मालूम पड़ता कि किसी का सिर फूटा हुआ है तो किसी के पंजे कटे हुए हैं। किसी के पेट पर खून जमा होता तो किसी की पूँछ गायब होती। चूहों के खाने के लिए पिंजरे में रोटी के टुकड़े पड़े रहते। पिंजरे में छटपटाते चूहों को देखकर उसे लगता जैसे बहुत देर से प्यासे हैं ओर उसका मन करता कि वह उन्हें थोड़ा पानी पिला दे, मगर कुत्तों के डर से चुपचाप खड़ा-खड़ा देखता रहता। छोटे-छोटे पिंजरों में कोई चूहा इसलिए बंद होता कि उसने किसी चूहे के बिल से अनाज चुराया था तो कोई इसलिए कि उसने किसी और की चुहिया को अपने बिल में छुपा रखा था। कुछ चूहे इसलिए बन्द थे कि मोटे-ताजे चूहों के बिल के सामने धरना देकर बैठे थे तो कुछ इसलिए कि वे जान-बूझकर आस-पास के चूहों को बिना वजह डराते-धमकाते थे। सभी पिंजरे कुत्तों की निगरानी में सारा दिन अलग- अलग कमरों में रखे रहते और शाम को नीली गाड़ी में भरकर न जाने कहाँ चले जाते।

एक दिन वह सूरज छिपने के कुछ देर बाद कैंटीन गया था। उसे ठीक तरह से तो याद नहीं था लेकिन उसे लगता था जैसे चाबियों का गुच्छा यहीं कैंटीन में कहीं रखकर भूल गया है। कैंटीन बन्द हो चुकी थी लेकिन वह फिर भी इधर-उधर टार्चलाइट में चाबियों का गुच्छा ढूँढ़ने की कोशिश करता रहा। चाबियाँ तो उसे नहीं मिलीं पर इस बीच अचानक टार्चलाइट में उसने देखा और देखता रहा कि एक मोटा चूहा किसी भारी फाइल को अपने दांतों में फँसाए घसीटता हुआ ले जा रहा है। वह चूहे के पीछे-पीछे भागा लेकिन चूहा फाइल समेत न जाने कहाँ गायब हो गया।

वह मोटे चूहे के इस कारनामे से बेहद हैरान था और चाबियाँ न मिलने के कारण परेशान भी। वह सोचता-सोचता पैदल ही चलने लगा। वह कभी चाबियों के बारे में सोचता तो कभी मोटे चूहे के बारे में। रास्ते में उसे खयाल आया कि वह मोटा चूहा दरअसल चूहा नहीं 'घूस' होगी। उसे याद आने लगा कि माँ ने उसे एक बार बताया था कि घूस चूहे

की तरह ही होती है पर काफी मोटी। घूस दिन में दिखाई नहीं पड़ती। अँधेरा होने के बाद ही किसी गन्दी नाली से निकलकर बाहर आती है। घूस नीचे ही नीचे सारी जमीन और घर की नींव को खोखला कर देती है। छोटे से छोटे रास्ते में से भी मोटी घूस आसानी से निकल जाती है। अलमारी में पीछे से सारी किताबों को कुतर-कुतरकर ढेर लगा देती है और सामने से देखने पर लगता है जैसे सब ठीक-ठाक है।

वह रास्ते भर घूस के बारे में ही सोचता रहा और फिर अचानक उसे लगा कि कहीं उसकी चाबियों का गुच्छा भी घूस तो उठाकर नहीं ले गई! उसे डर लगने लगा कि कहीं घूस उसके कमरे का ताला खोलकर सारा सामान लेकर चम्पत न हो जाए। वह जल्दी-जल्दी चलने लगा। ज्यों-ज्यों वह आगे बढ़ता उसका डर भी बढ़ने लगा। डर के मारे उसकी रफ्तार और तेज हो गई।

गली के मोड़ पर पहुँचा तो वहाँ घुप्प अँधेरा था। वह एक क्षण रुका, बीड़ी सुलगाई और कमरे के पास आकर माचिस की तीली की रोशनी में ताला ढूँढ़ने लगा। ताला सही सलामत देखकर उसकी जान में जान आई। ताले में अटकी पर्चियाँ निकालकर जेब में ठूँसीं और हिम्मत करके उसने एक ईंट उठाई। दो-तीन बार में ही ताला खुलकर उसके हाथ में आ गया। उसे लगा कि वह नाहक ही डर रहा था। ताला तोड़ने की आवाज सुनकर कोई पड़ोसी बाहर निकलकर नहीं आया। पड़ोस की दुनिया सोती रही। उसने दरवाजा बंद किया और अखबार उठाकर तख्त पर आ बैठा। देर गए तक वह 'बोफोर्स' व 'फेयरफैक्स' की खबरें पढ़ता रहा और सारी रात उसके दिमाग में 'घूस' कुतर-कुतर करती रही।

अगले दिन वह 'शूटिंग' पर नहीं गया, सारा दिन कमरे में पड़ा सोता रहा और उसे सारी रात नींद नहीं आई। वह बार-बार बीड़ी सुलगाता, पानी पीता और अखबार पलटता रहा लेकिन दिमाग में घुसे बिलावों, बिल्लियों, बलुटनों, चूहों, कुत्तों और घूस को भगा नहीं पाया। वह उनके बारे में कुछ भी न सोचने की कोशिश में बार-बार यही सोचता रहा कि शायद हर बिलाव अपने-अपने इलाके के चूहों को

अपना शिकार समझता है इसीलिए एक बिलाव भले ही अपने इलाके के किसी चूहे को मारकर खा जाए लेकिन किसी दूसरे बिलाव को नहीं खाने देता। अगर कोई बाहरी बिलाव किसी चूहे को खा जाता या खाने की कोशिश करता है तो बिलावों में खूब लड़ाई होती है। कभी-कभी ऐसा भी होता है कि कोई बिलाव अकेले किसी चूहे को नहीं मार पाता है, तब वह बाहरी बिलावों की मदद लेता है और बदले में थोड़ा हिस्सा उन्हें भी दे देता है। बिलाव जब लड़ते हुए दिखाई पड़ते हैं तो उसका एक ही कारण होता है। एक चूहे पर किसी बिलाव का एकाधिकार। व़रना बिलाव आपस में प्यार से खेलते, खाते, घूमते नजर आते हैं। वैसे एक बिलाव दूसरे बिलाव को होली-दिवाली या नए साल की खुशी में चूहे मारकर उपहार में भी भेजता है।

'ब्लैक एंड ह्वाइट' बिलाव सारी दुनिया को सिर्फ 'ब्लैक एंड ह्वाइट' में ही देखते हैं क्योंकि उनमें बाकी रंग देखने की क्षमता और संवेदनशीलता होती ही नहीं है। उसे लगता है कि मोटे-ताजे बिलावों के पीछे-पीछे पूँछ हिलाते हुए घूमते रहना बिल्लियों और बलुटनों की मजबूरी है। पूँछ नहीं हिलाएँगे तो बिलाव चूहे मारने के गुर नहीं सिखाएगा और वे भूखे मर जाएँगे। सच तो यह भी है कि चूहे मारने की ट्रेनिंग लेते हुए बलुटनें दरअसल खुद एक दिन मोटा-ताजा बिलाव बनने के सपने देखते रहते हैं पर कोई-कोई बलुटना ही बड़ा होकर मोटा-ताजा बिलाव बन पाता है वरना अधिकतर बलुटनें तो सारी उम्र बिलावों के पीछे-पीछे पूँछ हिलाते ही रह जाते हैं। बिलावों के मरने के बाद उसकी जगह उसके अपने बलुटनें ही लेते हैं और अगर किसी बिलाव का अपना कोई बलुटना न हो तो बाकी सारे बिलाव मिल-बाँटकर उसके सारे चूहे खा जाते हैं।

चूहों के बारे में सोचते-सोचते उसे महसूस होता कि बिलाव के हाथ चूहे सिर्फ इसलिए लग जाते हैं कि आपस में लड़ते हुए चूहों को बिलाव का पता ही नहीं लगता होगा। चूहे आपस में न लड़ें तो हो सकता है कि बिलाव के हाथ कोई चूहा न लगे। उसे लगता कि शायद चूहे भी इस बात को अच्छी तरह से जानते हैं, तभी तो कई बार लड़ाई होने

पर आपस में ही सुलह-समझौता कर लेते हैं ताकि बिलाव के हाथों मारे जाने से बच जाएँ। पर फिर भी यह सोचते-सोचते वह इस नतीजे पर पहुँचता कि जब कोई बिलाव किसी चूहे को मारकर खा जाता है तब उसके परिवार के अन्य चूहे बदला लेने की भावना से बिलाव की सारी किताबें कुतर डालते हैं। चूहे समझते होंगे कि बिलाव सारा दिन किताबों में घुसे रहते हैं इसलिए उन्हें किताबों से बहुत प्यार है या किताबों के ढेर में घुसे रहना उन्हें सबसे अच्छा लगता है। जब चूहे बिलावों की किताबें कुतर जाते होंगे तो बिलाव को गुस्सा आता होगा और वह पहले से अधिक चूहे मारना शुरू कर देता होगा। लेकिन उसकी समझ में यह कभी नहीं आया कि बिलाव चूहे मारकर खा जाते हैं इसलिए चूहे किताबें कुतरते हैं या चूहे किताबें कुतरते हैं इसलिए बिलाव चूहे मारता है।

उसने अभी तक सुना था कि कुत्ते और बिलावों की आपस में कभी नहीं बनती लेकिन कोर्ट-कैंटीन के बाहर उसने कुत्तों और बिलावों को आस-पास बैठे, खाते, खेलते व घूमते कई बार देखा था। वह सोचता कि कुत्तों को लोग वफादार और स्वामिभक्त मानते हैं इसलिए घर की रखवाली के लिए पालतू बनाकर रखते हैं। पालतू कुत्तों को लोग प्यार से खाने के लिए डबलरोटी, बिस्कुट, अंडे, मीट...भी देते हैं। कुत्ता अपने मालिक द्वारा देने पर ही कुछ खाता है। चोरी करके खाना उसकी आदत नहीं होती। लेकिन बिलाव को अक्सर घरों में पालतू बनाकर नहीं रखा जाता क्योंकि वह हर वक्त इस ताक में रहता है कि मालिक इधर-उधर हो तो उसे दूध-मलाई चाटने का मौका मिले। बिलाव जब भी दबे पाँव दूध पीने के लिए रसोई की ओर बढ़ता है तो कुत्ता भौंकने लगता है। ऐसे में घरवाले सावधान हो जाते हैं और बिलाव के हाथ दूध नहीं लगता। यही कारण है कि कुत्ते और बिलावों की आपस में नहीं बनती।

लेकिन कैंटीन वाले बिलाव लगता है बहुत चालाक हैं इसलिए कुत्तों को भी बराबर खाने के लिए कुछ न कुछ देते रहते हैं और इसलिए बिलावों को देखकर न कुत्ते भौंकते हैं और न किसी को पता चलता है कि बिलाव दूध-मलाई चाट रहे हैं। इस बीच पीछे से कोई चूहा पिंजरे

से भाग भी निकलता है तो कुत्ते थोड़ी देर भौंक-भाँककर चुप हो जाते हैं।

बिलावों, बिल्लियों, बलुटनों, चूहों और कुत्तों के बीच इन सारी 'एडजस्टमैंट्स' और 'कन्ट्राडिक्शन्स' को वह बार-बार नए दृष्टिकोण से समझने की कोशिश करता रहता। उसे लगता कि बिलावों, बिल्लियों और बलुटनों के बिना कुत्ते उदास नजर आते हैं और कुत्तों के बिना बिलाव, बिल्लियाँ और बलुटनें असुरक्षित महसूस करते हैं। बिलाव, बिल्लियाँ और बलुटनें चूहों की तलाश में सारा दिन लगे रहते हैं। कोई चूहा मिल जाता है तो खुश दिखाई पड़ते हैं, नहीं मिलता है तो ऐसे लगता है जैसे बिना शिकार के कोई शिकारी वापस लौट आया हो। कुत्तों को जिस दिन कैंटीन में कोई मुर्गा हाथ लग जाता है तो शाम तक मूँछों पर जीभ फेरते रहते हैं, नहीं लगता है तो उनकी आँखें आग की तरह लाल नजर आती हैं। कुत्तों और बिलावों में कभी-कभार झगड़ा होता नजर आता है लेकिन थोड़ी ही देर बाद सब फिर पहले जैसे खेलते, खाते, घूमते दिखाई पड़ते हैं।

उसे लगता कि चूहों की आपसी लड़ाई और अकेले होने की कमजोरी का फायदा कुत्ते और बिलाव दोनों उठाते हैं। बिलावों और कुत्तों में वास्तव में कोई बैर नहीं है बशर्ते कि मिल-बाँटकर खाने को बराबर मिलता रहे। सारी लड़ाई किसी एक द्वारा अकेले सब कुछ हड़प कर जाने की है।

कुछ दिन बाद, जब भी उसे घूस का ध्यान आता तो वह यह सोचकर डरने लगता कि घूस ने नीचे ही नीचे सारी जमीन खोखली कर दी होगी। जमीन पर पाँव रखते हुए उसे भय रहता कि कहीं वह धँस न जाए। सड़क पर जाते हुए वाहन जब दूर जाकर दिखना बन्द हो जाते तो उसे लगता जैसे धरती में समा गए होंगे। कमरे में सोते हुए उसे लगता जैसे रात को दीवार के नीचे दब जाएगा। बार-बार किताबें निकालकर देखता कि कहीं घूस कुतर तो नहीं गई। वह बार-बार सोचता कि धरती के नीचे बिल बना रही घूसों की कुतर-कुतर की आवाज लगातार बढ़ती जा रही है। कमरे में घुसता तो डर लगता, बाहर

घूमता तो बेचैनी होती कि किसी तरह अपने कमरे पर पहुँच जाए। कुछ दिन बाद तो घूस के भय से वह इतना आतंकित हो गया कि 'शूटिंग' पर जाने से भी डरने लगा। किसी से कहता कि घूस ने नीचे ही नीचे सारी जमीन खोखली कर दी है तो लोग हँसते और कहते, "लगता है पागल हो गए हो।"

उस दिन वह कोर्ट-कैंटीन कई दिन बाद पहुँचा था। कैंटीन में घुसते ही उसने चारों ओर नजर घुमाकर देखा लेकिन एक भी बिलाव, बिल्ली या बलुटना नजर नहीं आया। अजीब सन्नाटा था। उसकी समझ में ही नहीं आया कि आखिर वे सब कहाँ चले गए। वह तेजी से कदम बढ़ाता हुआ अन्दर पहुँचा तो हाल में मुश्किल से दो-चार लोग ही बैठे थे। वहाँ भी उसे कोई बिलाव, बिल्ली या बलुटना नजर नहीं आया। वेटर आया तो उसने ऑर्डर देने से पहले उससे पूछा, "भाई, यहाँ जो बिलाव, बिल्लियाँ और बलुटनें घूमते रहते थे...?"

वेटर ने सुना तो हँसने लगा और मजाक के लहजे में बोला, "इंडिया गेट घूमने गए होंगे।"

वह वेटर के मुँह की तरफ देखता रहा। वेटर ने चुप्पी तोड़ी और बोला, "क्या लाऊँ साहब।"

उसने कहा, "चाय पिला दो और...नहीं, आज चाय ही पिला दो...बस..."

उसने चाय पी और बाहर निकलने ही वाला था कि तभी उसके पास वह टाइपिस्ट आ खड़ा हुआ जो उसे अक्सर वहाँ आता देखकर पहचानने लगा था।

टाइपिस्ट ने नमस्ते की ओर पूछा, "क्यों जनाब कैसे हो?"

उसने कहा, "अच्छा हूँ...पर वो बिलाव, बिल्लियाँ और...?"

टाइपिस्ट ने बताया, "अरे भाई जान, क्या पूछते हो। कुछ दिन हुए पता नहीं कहाँ से एक 'जंगली कुतिया' यहाँ घुस आई और टॉयलेट के बाहर सोये एक बलुटने को मुँह में दबाकर भाग गई। तब से यहाँ कोई बिलाव, बिल्ली या बलुटना दिखाई नहीं पड़ रहा। कहते हैं, सब जंगल में उस जंगली कुतिया को ढूँढ़ रहे हैं।"

वह वहाँ से फिर 'शूटिंग' पर चला गया और रात को देर गए कमरे पर पहुँचा। रास्ते भर उसे लगता रहा कि घूस उसका पीछा कर रही है। लेटे-लेटे वह न जाने क्यों बार-बार बिलावों, बिल्लियों, बलुटनों, कुत्तों, चूहों और घूस के बारे में सोचता रहा। उसने देखा कि वह कोर्ट कैंटीन में बैठा चाय पी रहा था कि तभी एक बहुत जोर का धमाका हुआ जैसे कोई बम फटा हो। सब कुछ के साथ वह भी धीरे-धीरे नीचे धँसने लगा और उसके ऊपर किताबें, फाइलें और मलबा गिरने लगा। थोड़ी देर बाद उसके चारों ओर पानी ही पानी और पानी में तैरती किताबें फाइलें और मरे हुए चूहे नजर आने लगे। काफी हाथ-पैर मारने के बाद वह ठीक से खड़ा हो पाया तो उसे लगा जैसे वह किसी लम्बी अँधेरी गुफा में फंस गया है। वह धीरे-धीरे सुरंग में चलने लगा। काफी दूर पहुँचकर उसे ध्यान आया कि उसके पास टार्च है। टार्च जलाने की बहुत कोशिश करता रहा पर टार्च जली ही नहीं। वह धीरे-धीरे अँधेरे में ही चलता रहा। घंटों सुरंग में चलते-चलते वह हाँफने लगा और उसे बाहर निकलने का कोई रास्ता नजर नहीं आया। वह एक पल सोचता कि इस सुरंग से निकलना मुश्किल है पर दूसरे ही क्षण उसे लगता कि आखिर कहीं न कहीं तो खत्म होगी ही। वह चलता रहा...चलता रहा... और जब हलकी-सी रोशनी दिखाई देने लगी तो उसकी साँस में साँस आई। कुछ कदम और चलते ही उसके सामने जानी-पहचानी संसद कैंटीन थी और कैंटीन में लंगूर ही लंगूर। वह बिना कुछ और देखे सीढ़ियाँ चढ़ने लगा। जब बाहर निकला तो उसने देखा कि वहाँ गुम्बद पर गड़े लोहे के पोल पर झंडा लहरा रहा है, चारों ओर बनी इमारतें धरती में धँस गई हैं और आकाश में चीलें मँडरा रही हैं।

जब आँख खुली तो उसे लगा जैसे दमघोटू विषैली गैस में घिर गया है और मरे हुए चूहों की गंध उसकी नस-नस में भरती जा रही है।

वह जल्दी से उठा, जूते पैरों में फँसाये और झोला उठाकर कमरे से बाहर निकल आया। रास्ते में चाय की दुकान पर अखबार उठाकर देखा तो पहले पेज पर दो फोटो छपे थे। पहले में बहुत से बिलाव, बिल्लियाँ और बलुटनें एक झाड़ी को चारों ओर से घेरे खड़े हैं मगर

झाड़ी में जंगली कुतिया का नामोनिशान तक नहीं है। दूसरे में–एक बड़ी सी कोठी के बाहर लॉन में कुर्सी पर बैठा वनमानुष पाँव चाटती घूस की पीठ पर हाथ फेर रहा है, सामने गुर्राने की मुद्रा में जंगली कुतिया खड़ी है और चारों तरफ पहरा देते काले बिलाव घूम रहे हैं।

फोटो के नीचे उसका अपना नाम छपा था।

वह जब चाय पीकर उठा तो उसे ध्यान आया कि सूरज निकलने में अभी समय है और उसे 'शूटिंग' पर जाना है।

(हंस, 1988)

कार्बन-कॉपी

मिस्टर कानूनवाला सारी उम्र अपने चैम्बर में धुआँ और अदालत में धूल फेंकते रहे और आज सुबह घर से घूमने निकले तो अब तक लौटकर ही नहीं आए। न जाने कहाँ गायब हो गए? धुएँ में...धूल में...या धुन्ध में...?

"हुँह...क्या है?"

टाइप करते-करते अंकिता रुकी तो ऐसा लगा कि जैसे किसी ने प्यानो बजाना बन्द कर दिया हो। कल तक जिस अंकिता को देखकर कोई नहीं कह सकता था कि उसकी उम्र सोलह तीए अड़तालीस साल होगी, उसी अंकिता के चेहरे पर आज जैसे ग्रहण लग गया था।

बारह-तेरह साल की एक लड़की बगल में पोटली दबाए, दबे पाँव, डरती-डरती अंकिता के सामने आ खड़ी हुई थी।

"मैं ग्वालियर से आई हूँ। मेरे पिताजी को जमींदार की हत्या के जुर्म में सुप्रीम कोर्ट ने फांसी का हुक्म दिया था। राष्ट्रपति ने भी माफ नहीं किया। दस साल से जेल में पड़े-पड़े पागल हो गए हैं। बहुत नाम सुना है कानूनवाला का...बड़ी मुश्किल से किराया जुटाकर आई हूँ। मेरे

पिताजी बेकसूर हैं। बहनजी, उन्हें फाँसी लग गई तो...” लड़की फर्श पर बैठकर जोर-जोर से रोने लगी।

उसे बाहर बैठने को कह अंकिता फिर टाइप पर हाथ चलाने लगी– ‘जाने कहाँ से चली आई है इंसाफ माँगने?...भाग जा यहाँ से... भाग जा... ।’

चाभियों से हटे हाथ गोद में आ गए। काफी देर तक अंकिता टाइपराइटर पर सिर टिकाए न जाने क्या सोचती रही।

तीन-चार बार टर्न...टर्न...टर्न...हुई। अंकिता ने टेलीफोन उठाया, “गुड मार्निंग, मिस्टर कानूनवाला चैम्बर, सॉरी, नो एप्वाइंटमेंट।” अंकिता उठी और बाथरूम में घुस गई। वहाँ से वह मुँह पोंछती हुई निकली और मेज पर रखे थरमस से एक कप में थोड़ी चाय उड़ेल वापस अपनी सीट पर आकर बैठ गई। चाय पीते-पीते अंकिता ने टाइपराइटर पर चढ़े कागज पर छपे एक-एक शब्द को गौर से पढ़ा...कई बार पढ़ा और फिर से उँगलियाँ टाइपराइटर पर थिरकने लगीं।

दलाल स्ट्रीट के कोने पर विरासत में मिली मिस्टर कानूनवाला की कोठी नम्बर दस किसी आनन्द भवन से कम शानदार नहीं। कोठी के दोनों दरवाजों पर पहले जहाँ चार लठैत खड़े रहते थे, बाद में वहाँ बन्दूकधारी आए और अब तो हरदम स्टेनगनें तनी रहती हैं। पोर्च में एंबेस्डर और फिएट की जगह मर्सडीज और टोयटा के हार्न बजने लगे हैं। रंभाती गायों और हिनहिनाते काले अरबी घोड़ों की जगह भौंकते बुलडाग और म्याऊँ-म्याऊँ करती बिल्लियों ने ले ली है, गौशाला और घुड़साल में ‘रिकॉर्ड रूम’ और ‘एयरकंडीशंड गेस्ट हाउस’ आबाद हो गए हैं और अखाड़े को मिटाकर इटालियन टाइल्स का स्वीमिंग पुल बनाया गया है। पिछवाड़े पहले आम के पेड़ पर कोयल कूकती थी, अब वहाँ यूक्लिप्टस के झुंडों में सिर्फ हवा सनसनाती है।

केवल कोठी के कोने में लोहे के एक बड़े-से पिंजरे में बन्द पहाड़ी तोता अब भी पंख फड़फड़ाता रहता है। इसे न जाने किस जुर्म की सज़ा में उम्र कैद हुई है?

अंकिता ने टाइपराइटर पर दूसरा कागज और कार्बन लगाया और

फिर उसी स्पीड से टक...टक...टक...। अंकिता के देखते-देखते इस कोठी के साथ-साथ आदमियों के भी नक्शे बदल गए थे। पर अभी भी कोठी का हर पत्ता मिस्टर कानूनवाला के मूड के हिसाब से खिलता, हिलता, काँपता, डरता और हँसता है। वो जब तक कोठी के अन्दर होते हैं आतंक चारों ओर चौकन्ना हो घूमता रहता है और जब वे बाहर निकलते हैं तब कोठी की साँस में साँस आती है।

अंकिता टाइप करती रही।

मिस...मिसेज...नहीं नीना...नीना भी नहीं अंकिता...और छोटा भाई कमल जब इस कोटी में पहली बार आए थे तब नीना दस की और कमल आठ साल का था। बीस रुपए रिश्वत लेने के जुर्म में पिता जेल में थे और मिस्टर कानूनवाला के पिताश्री थे जज। पिताजी को छुड़वाने के लिए नीना अपने साथ पचास रुपए भी लाई थी। और कमल ने आगे बढ़कर जज साहब से कहा था, "रुपए थोड़े हों तो..." और वह बीच में ही बोल पड़ी थी, "तो मैं एक-दो दिन आपके पास रह सकती हूँ।" जज साहब सुनकर चुपचाप उठकर चले गए थे मगर उनकी पत्नी मनमोहिनी ने समझाया था कि अब तो जज साहब भी कुछ नहीं कर सकते। तुम दोनों चाहो तो यहीं रह सकते हो।

वह और कमल यहीं रह गए। कमल तो साहब की गाड़ी साफ करते-करते ड्राइवर बन गया। ड्राइवरी छोड़ बाद में चश्मदीद गवाह और अब तो पेशेवर जमानती है। सारा दिन कोर्ट-कचहरी और शाम को पीने-खाने से ही फुर्सत नहीं है उसे। जज साहब पाँच-छह साल बाद अचानक दिल का दौरा पड़ने से चल बसे और मिस्टर कानूनवाला कोठी के अकेले मालिक बन गए। इस बीच नीना ने, जो अब अंकिता थी, टाइप और शॉर्टहैंड सीखा। बी.ए. और एल.एल.बी. किया और कुछ साल मिस्टर कानूनवाला की जूनियर भी रही।

अंकिता के टाइप करने और सोचने की स्पीड में शायद कोई अन्तर नहीं। जनवरी की ठिठुरती सर्दियों में भी उसके माथे पर पसीना तैर रहा था।

मिस्टर कानूनवाला के चैम्बर की तीन दीवारों पर नीचे से ऊपर

तक 'टीकवुड' की बनी अलमारियों में चमचमाते शीशों के पीछे संविधान, इंडियन पैनल कोड, क्रिमिनल प्रोसिजर कोड, एविडेंस, ऑल इंडिया रिपोर्टर, ऑल इंग्लैंड लॉ रिपोर्ट्स के अलावा क्रिमिनल और मेडिकल ज्यूरिसप्रयूडंस, फेमस मर्डर केसेस व अन्य हजारों कीमती किताबें करीने से लगी रहती हैं। चौथी दीवार पर बीचों-बीच उनके पिताश्री की सुनहरे फ्रेम में जड़ी फोटो पर सन्दल की माला लटकी रहती है और बाकी दीवार पर देश के बड़े-बड़े राजनेताओं, मंत्रियों, अफसरों और तस्करों के स्वागत में हाथ जोड़े खड़े मिस्टर कानूनवाला मुस्कराते दिखते हैं। वॉल टू वॉल पर्शियन लाल कार्पेट पर गद्देदार सोफों के सामने शीशे की टेबल पर 'कट ग्लास' का फूलदान और 'ऐशट्रे' चमकती रहती है। सामने लम्बी-चौड़ी मेज पर एक तरफ किताबों का, तो दूसरी तरफ फाइलों का ढेर पड़ा होता है। मेज पर रखा टेलीफोन हर एक मिनट के बाद ट्रिन-ट्रिन करता रहता है। मेज के पीछे रखी 'रिवॉल्विंग चेयर' पर बैठते ही मिस्टर कानूनवाला एक हाथ से 'रिमोट बेल' का बटन दबाते और दूसरे से 'हवाना' सिगार निकालते हैं। बेल दबाते ही मुंशी जी दौड़े-दौड़े अन्दर आते हैं और फिर सिर झुकाकर खड़े हो जाते हैं।

ढेर-सा धुआँ उड़ेलने के बाद मिस्टर कानूनवाला मुंशी जी से पूछते हैं, "फीस..."

मुंशीजी धीरे से कहते हैं, "आ गई, हुजूर" और बंडी से निकालकर नीले नोटों की गड्डियाँ उनके सामने रख देते हैं।

मिस्टर कानूनवाला गड्डियाँ झटके से मेज की ऊपरी दराज में डालने के बाद फिर कहते हैं, "अच्छा...कॉफी...और हाँ, वो 302 वाले की बीबी को भेज देना।"

मिस्टर कानूनवाला की 'रिवॉल्विंग चेयर' धीरे-धीरे घूमती है और चैम्बर में धुआँ ही धुआँ भर जाता है। दीवार घड़ी जब दस बार टन्न... टन्न...करती है तो मिस्टर कानूनवाला 'रिवॉल्विंग चेयर' से उठते हैं। अंकिता उन्हें हैंगर से उतारकर काला कोट पहनाती है और वो कलाई पर 'रोलक्स' बाँधते, जेब में 'मोंट ब्लैंक' कलम लगाते और सिगार

पीते-पीते बाहर निकलते हैं तो सब लोग सावधान की मुद्रा में 'स्टेच्यू' बन जाते हैं। मर्सडीज का दरवाजा खुलता है, कार फर्राटे से आगे बढ़ती है और देखते ही देखते आँखों से ओझल हो जाती है।

अंकिता जरा-सी आहट होने पर चौंकी और फिर थोड़ा आश्वस्त हो टक...टक...टक करने लगी।

मिस्टर कानूनवाला कभी चिड़ियाघर के सामने और कभी अप्पू घर के सामने वाली अदालत में जाते थे। अप्पू घर के सामने वाली अदालत के अन्दर घुसने के दो बड़े गेट थे और एक छोटा गेट था। मिस्टर कानूनवाला अक्सर एक ही गेट से अन्दर जाते थे। मगर बाहर निकलने के बहुत से दरवाजे थे इसलिए कभी पता ही नहीं चलता था कि मिस्टर कानूनवाला कौन-से दरवाजे से बाहर निकल गए। उनका अधिक समय उस किलेनुमा बिल्डिंग में ही गुजरता था। अदालत की किसी भी दीवार के पास खड़े होकर बात करते हुए मिस्टर कानूनवाला नाखून से दीवार खुरचते रहते और चूने की परतें इकट्ठी करते रहते। पत्थरों के ऊँचे-ऊँचे खम्बों और दूर तक जाते लम्बे बरामदों वाली बिल्डिंग की गोल गुम्बद पर सुबह से शाम तक झंडा लहराता रहता था। बिल्डिंग के आसपास दूर-दूर से आए मुवक्किल और उनके रिश्तेदार बरामदों, पार्क और दरवाजों के इधर-उधर फैसले के इन्तजार में सालों बैठे ऊँघते रहते।

अंकिता टाइप करने के लिए कागज और कार्बन बदल रही थी तभी उसने दो-तीन बार जोर से छींका। शायद सर्दी लग गई थी। छींकने के बाद उसने रुमाल से नाक पोंछी तो खाँसी उठ खड़ी हुई। बलगम मेज के नीचे रखी बालटी में ही थूक दिया और फिर से टाइपराइटर चलाने लगी।

अदालत में छोटे-मोटे सारे काम मुंशी व जूनियर ही निपटाते थे। मिस्टर कानूनवाला अदालत तभी जाते थे जब बहस करनी होती, वरना अपने चैम्बर में बैठे सिगार पीते या किताबें पलटते रहते। कोर्ट में नम्बर आने से पहले मुंशी या मुवक्किल आकर उन्हें बताते तो वे सिगार

पीते-पीते धीरे-धीरे अदालत की ओर चल पड़ते। उनके पहुँचने से पहले ही किताबें और फाइलें लिए जूनियर अदालत में मौजूद होते थे। मिस्टर कानूनवाला सिगार पीते-पीते जब अदालत तक पहुँच जाते तो दरवाजे पर जाकर उन्हें ध्यान आता कि उनके मुँह में सिगार है। तब वो सिगार को अदालत के बाहर बरामदे की दीवार पर रखते, अन्दर जाते, बहस करते, बाहर निकलकर दीवार पर रखे सिगार को उठाते, फिर से सुलगाते और धुआँ बिखेरते हुए वापस अपने चैम्बर की ओर बढ़ जाते। उनकी इस आदत से मुंशी, जूनियर और मुवक्किल ही नहीं बाकी सारे वकील, पेशकार आदि भी भली-भाँति परिचित थे। जब भी किसी को मिस्टर कानूनवाला से कोई काम होता तो पहले वह अदालत के बरामदों में यह ढूँढ़ता कि मिस्टर कानूनवाला का सिगार कहाँ रखा है और जहाँ सिगार रखा मिल जाता वह जान जाता कि वह सामने वाली अदालत में होंगे। अक्सर लोग मिस्टर कानूनवाला को नहीं बल्कि उनके सिगार को ढूँढ़ते हुए घूमते रहते। कभी-कभी तो लोग यह सोचकर आखिर आएँगे तो यहीं, घंटों सिगार के पास ही खड़े रहते।

कई बार ऐसा इसलिए भी होता था कि बाहर से आए व्यक्ति मिस्टर कानूनवाला को शक्ल से नहीं पहचानते थे। कुछ तो मिस्टर कानूनवाला को सिगारवाला कहते थे। सिगार मिस्टर कानूनवाला का 'ट्रेडमार्क' ही बन गया था और सिगार को लेकर बहुत से किस्से। बुझे हुए सिगार को देखकर मुवक्किलों को निराशा होती मगर जब मिस्टर कानूनवाला बुझे हुए सिगार को दुबारा सुलगाते तो मुवक्किलों के चेहरे पर चमक आ जाती। कुछ तो कहते भी थे कि हमारी जिन्दगी का सिगार तो बुझ चुका है, दुबारा अगर कोई सुलगा सकता है तो वो है मिस्टर कानूनवाला। ऐसा विश्वास था मुवक्किलों का उन पर, फिर भी...।

फोन की घंटी बजी तो झल्लाई अंकिता ने कहा, "गुड ऑफ्टरनून मिस्टर कानूनवाला चैम्बर।"

उधर से आवाज आती रही। अंकिता के चेहरे पर कई रंग आए-गए।

आखिर उसने कहा, "नो, सॉरी...ही इज नाट इन टाउन।"

अंकिता उठी, एक गिलास पानी पिया और फिर एक लम्बी उबासी लेने के बाद वापस अपनी कुर्सी पर आकर बैठ गई। कागज और कार्बन बदला और फिर से टक...टक...टक...शुरू।

मिस्टर कानूनवाला के मुवक्किल सुबह से रात तक आते-जाते रहते। कुछ तो कई-कई दिन तक टिके रहते। कोठी के बाहर कोने में पड़ी बैंचों पर बैठे मुवक्किल माली, चपरासी, मुंशी और गार्डों से गप्पें हाँकते रहते। पुराने मुवक्किल नए मुवक्किलों को मिस्टर कानूनवाला के मुकदमों की दास्तान सुनाते रहते। बलात्कार, हत्या और डकैती के मुकदमों में कैसे-कैसे मिस्टर कानूनवाला ने बचाया था, कैसी जोरदार बहस की थी, कैसे कानूनी नुक्ते निकाले थे। उनका विवरण सुनाते-सुनाते मुवक्किलों की जबान नहीं थकती थी। मिस्टर कानूनवाला के मुकदमों की कहानियाँ सुन-सुनकर नए मुवक्किलों के चेहरे खिल उठते थे।

बलात्कार के मुंकदमों की कहानियाँ तो सभी बढ़-चढ़कर सुनाते थे और सुनने वाले भी रस ले-लेकर सुनते थे। बीच-बीच में कोई कहता 'भई गजब!' कोई कहता 'कमाल के वकील हैं भैया' और कोई-कोई तो यह दावा करता है कि 'कानूनवाला की टक्कर का कोई और वकील है ही नहीं, लाला!' मुवक्किल और उनके रिश्तेदार यहाँ जो किस्से सुनकर जाते, जाकर अपने-अपने शहर या गाँव में और लोगों को सुनाते। बहुत से मुवक्किल तो ऐसे ही किस्से सुन-सुनकर मिस्टर कानूनवाला की कोठी तक पहुँचते थे और अक्सर यह कहते थे कि भाई मुकदमा तो इन्हीं से लड़वाना है भले ही घर, खेत और सारे जेवर बेचने पड़ जाएँ।

अंकिता ने मेज की दराज से 'डनहिल' के पैकेट से एक सिगरेट निकालकर सुलगाई पर दो-तीन कश के बाद ही सिगरेट ऐशट्रे में रखकर टाइप करने लगी।

मिस्टर कानूनवाला के पास देश भर की अनेक हाईकोर्ट के वकील

अपील करने के लिए मुकदमे भेजते या चिट्ठी देकर मुवक्किल। जूनियर्स फाइलें पढ़ते, अपील तैयार करते, केस लॉ ढूँढ़ते, मिस्टर कानूनवाला को ब्रीफ करते, अपील टाइप करवाते, मिस्टर कानूनवाला के 'इफ' और 'बट' लगाने के बाद मुंशी कोर्ट में अपील फाइल करते, मुकदमे की सुनवाई के लिए तारीख लगवाते, हाईकोर्ट के वकीलों को धन्यवाद की चिट्ठियाँ भेजते, चेक व नगद बटोरते, बैंक में जमा करवाते और सारा हिसाब-किताब रखते। जितनी फीस आती उसका एक प्रतिशत दान-पुण्य, मन्दिरों और चंदों के लिए रखा जाता। जूनियर्स में किसी को एक हजार, किसी को डेढ़ हजार रुपया महीना मिलता। पर ज्यादातर जूनियर्स तो सिर्फ काम सीखने के लिए ही आते थे। पैसे उन्हें नहीं मिलते थे पर कभी-कभार मुवक्किल किसी छोटे-मोटे काम के लिए उन्हें कुछ-न-कुछ दे ही देते थे। ऐसे जूनियर्स थोड़े दिन के ही मेहमान होते। थोड़ा-बहुत काम सीखते और खुद अपनी वकालत शुरू कर देते। न जाने कितने जूनियर्स आए, कितने गए। कुछ तो 'कंपिटीशन' में बैठे और जज बन गए।

मिस्टर कानूनवाला का गोद लिया बेटा अनुभव अलबत्ता दो साल कंपिटीशन की तैयारी और 'ऑर्डर! ऑर्डर' करने के सपने देखता रहा। लेकिन कभी नम्बर नहीं आया। मिस्टर कानूनवाला उसे जज बनाने के हक में कभी नहीं थे। वो हमेशा उसे वकालत में मन लगाने की सलाह देते रहते। ब्रेकफास्ट पर अक्सर दोनों में बहस होती। मिस्टर कानूनवाला उसे प्रैक्टिकल होने की राय देते मगर अनुभव बड़े-बड़े सिद्धान्तों और आदर्शों, सामाजिक और आर्थिक न्याय, आम आदमी को समानता और सम्मान से जीने के संवैधानिक अधिकारों, उबाऊ और खर्चीली न्याय व्यवस्था और इस पेशे से जुड़े लोगों के नैतिक चरित्र और मूल्यों पर लम्बी-चौड़ी दलीलें देने लगता। मिस्टर कानूनवाला चुपचाप सुनते रहते और ब्रेकफास्ट करके उठते हुए कहते, "आई एप्रीसिएट यूअर फीलिंग्स बट..." और अपने चैम्बर की ओर बढ़ जाते।

अंकिता ने पेज बीच में ही रोककर अपने पर्स से एक बच्चे की फोटो निकाली और काफी देर तक उसे गौर से देखती रही। फोटो देखते

समय उसके चेहरे पर एक अजीब-सी चमक भी भी और गहरी उदासी भी। कुछ देर बाद ही पर्स वापस रखकर अंकिता टाइप करने लगी।

मिस्टर कानूनवाला सुबह निक्कर पहनकर घूमने जाते थे और लौटकर अदालत। घर आकर लंच और थोड़ी देर आराम। शाम को मुँह-हाथ धोने के बाद कपड़े बदल थोड़ी देर चैम्बर में बैठते, फाइलें देखते, डिक्टेशन देते और क्लब चले जाते। हाँ, कभी-कभी किसी सेमिनार या साहित्य, कला और सांस्कृतिक समारोह में वे अध्यक्षता भी करते थे। कभी किसी फाइव स्टार होटल में पार्टी होती और कभी किसी महिला संस्था द्वारा आयोजित सभा में नारी और कानूनी अधिकारों पर भाषण। घर हमेशा रात देर गए ही लौटते। सोने से पहले घंटे दो घंटे पढ़ते जरूर थे मिस्टर कानूनवाला। उनके 'बैडरूम' में हर दीवार पर प्रसिद्ध चित्रकारों द्वारा बनाई बहुत-सी न्यूड पेंटिंग्स, कोने में रखी मेजों पर नग्न मूर्तियाँ और अल्मारियों में 'सेक्स', 'साइकोलॉजी', 'सस्पैंस' और 'स्कैंडल' की हजारों दुर्लभ और कीमती किताबें हैं। न जाने कहाँ-कहाँ से खरीदकर इकट्ठा किया है यह सब कुछ मिस्टर कानूनवाला ने। दुनियाभर की 'बैंड बुक्स' का भंडार है मिस्टर कानूनवाला का 'बेडरूम'। उनके 'बेडरूम' में हर किसी को जाने की इजाज़त नहीं। सिवाय अंकिता के, शायद ही कोई और दूसरी बार उनके 'बैडरूम' में गई हो। मिस्टर कानूनवाला किसी भी किताब को दुबारा नहीं पढ़ते थे और अपनी किताब किसी दूसरे को पढ़ने के लिए देते नहीं थे। सुबह अखबार, मैगजीन आते तो सबसे पहले वही पन्ने पलटते थे। अगर किसी ने भी गलती से अखबार या मैगजीन खोलकर पढ़ ली तो उसकी खैर नहीं। दरअसल 'सैकेंड हैंड गुड्स' इस्तेमाल करने से उन्हें चिढ़ थी। इसीलिए शायद 'रॉल्स रायस' खरीदने का प्लान अभी तक पूरा नहीं हो पाया। वह भी हो जाता अगर वह इस तरह न चले जाते।

अंकिता हर पेज टाइप करने के बाद ऐसे नजर आ रही थी जैसे अदालत में बयान देने के बाद गवाह। बत्तीस साल से यही 'रूटीन' देख रही है। शुरू-शुरू में तो उनके पास काम ज्यादा नहीं था इसलिए इतना व्यस्त

भी नहीं रहते थे, लेकिन धीरे-धीरे ज्यों-ज्यों काम बढ़ता गया, दौलत, शौहरत और व्यस्तता भी बढ़ती गई। पहले मिस्टर एंड मिसेज कानूनवाला की गर्मियों की छुट्टियाँ शिमला, मंसूरी, कुल्लू, मनाली, गुलमर्ग या पहलगाँव में बीतती थीं। लेकिन पत्नी के देहान्त के बाद कई सालों से स्विट्जरलैंड, पेरिस, न्यूयॉर्क, लंदन या सिडनी में बीतने लगीं। पिछले साल शायद पहली बार वो अकेले मास्को गए थे। लौटकर आए तो बहुत दिनों तक मास्को, मास्को करते रहे। गोर्बाचोव और प्रेमिका की याद में लिखी उनकी कविताएँ जब एक मैगजीन में छपकर आईं तो उन्होंने पाँच सौ प्रतियाँ खरीदवा कर न जाने कहाँ-कहाँ भेजी थीं।

हत्या, दहेज-हत्या, बलात्कार और तस्करी के मुकदमों के अलावा मिस्टर कानूनवाला नक्सलवादियों, बंधुआ और दिहाड़ी मजदूरों, बाल अपराधियों, वेश्याओं और आदिवासियों के मुकदमों की भी पैरवी करते थे। महिला संस्थाओं और जनकल्याण सोसायटियों के जनहित मुकदमों में हाथ डालते ही मिस्टर कानूनवाला का नाम अदालत से बाहर रिक्शावालों की जुबान तक पहुँच गया था। स्कूलों और कॉलेजों में उनके 'ऑटोग्राफ' के लिए छात्र-छात्राओं की भीड़ लग जाती और उनका फोटोग्राफ लेने के लिए प्रेस फोटोग्राफरों में धक्का-मुक्की मचती। कुछ महीनों से तो अब उनके साथ दो-दो 'सिक्योरिटी गार्ड' रहने लगे थे। उनका सारा समय भाग-दौड़ में बीतने लगा था और उनके पाँच मिनट बात करने के लिए हफ्ते भर बाद का टाइम मिलता था। अंकिता को भी दफ्तर के अलावा समय न दे पाते थे। उन्हें आराम की जरूरत थी। ऐसा मौका मिलना क्या मुश्किल था, मगर.

अंकिता बीते हुए कल को शब्दों में क़ैद करती जा रही थी बिना साँस लिए टक...टक...टक...।

मिस्टर कानूनवाला के लिए यह नया साल न जाने क्यों अच्छा नहीं आया। शुरू से ही कुछ न कुछ गड़बड़ होने लगी। एक कांड में अमेरिकन कम्पनी की पैरवी की, अच्छा-भला समझौता भी हो गया लेकिन समझौते के बाद भयंकर आलोचना, जलसे, जुलूस, घेराव,

प्रदर्शन। दूसरे दाह-कांड में ट्रस्टियों की ओर से पेश हुए तो फिर चारों ओर थू-थू होने लगी। रही-सही कसर बलात्कार वाले मामले में पुलिस पक्ष की ओर से बहस करने के बाद पूरी हो गई। पुलिस वालों की सज़ा तो कम हो गई लेकिन औरतों, अखबारों और पत्रकारों ने मिस्टर कानूनवाला के खिलाफ इतना उलटा-सीधा लिख मारा कि कानूनवाला को कई संस्थाओं से इस्तीफा देना पड़ा और सार्वजनिक रूप से माफी माँगनी पड़ी थी।

मिस्टर कानूनवाला पहले ही परेशान थे तिस पर पिछले हफ्ते जिस आदमी को अपने एक दोस्त की हत्या करने के अपराध से बरी करवाया था, उसने आत्महत्या कर ली और मिस्टर कानूनवाला और प्रेस वालों के नाम लिखकर एक लम्बी चिट्ठी छोड़ गया। चिट्ठी में लिख गया कि हत्या तो मैंने ही की थी और मैं सच-सच बताकर सज़ा भुगतने को भी तैयार था लेकिन आपकी सलाह पर ही झूठी कहानी गढ़ी गई कि मेरी पत्नी के मेरे दोस्त के साथ नाजायज सम्बन्ध थे। मैंने उन्हें आपत्तिजनक अवस्था में देखा इसलिए गुस्से में हत्या कर दी। पत्नी की गवाही झूठी थी, सारा मुकदमा झूठा था और अब मैं अपनी ही पत्नी से आँख मिलाकर बात तक करने के काबिल नहीं रहा। लानत है ऐसी रिहाई पर। गेरे लिए मुक्ति का एक ही रास्ता है। लेकिन मिस्टर कानूनवाला, अब के बाद फिर किसी और को इस तरह रिहा मत करवाना।

इसके बाद से अनुभव और मिस्टर कानूनवाला में झड़प होने लगी थी। अनुभव बार-बार कहता, "डैड, यूअर डेज आर गोन नाऊ, यू हेव लॉस्ट यूअर मैजिक। इट इज बैटर टु रिटायर विद ऑनर।"

मिस्टर कानूनवाला की आँखों में खून उतर आता, हाथ काँपने लगते और जुबान लड़खड़ाने लगती, लेकिन वो किसी तरह अपने पर काबू करते और कड़वाहट भरे लहजे में कहते, "द किंग एंड लॉयर मे डाई, बट दे नेवर रिटायर" और खाना आधे में ही छोड़, उठकर चले जाते थे।

अंकिता को भी अनुभव पर बहुत गुस्सा आता था लेकिन चुप रह

जाती थी। मन ही मन सोचती कि बेटा होकर बाप से इतनी जुबान लड़ाता है?

फोन फिर बजने लगा। अंकिता ने फोन उठाया, "गुड इवनिंग, कानूनवालॉज चैम्बर।" अंकिता कुछ देर सुनती रही और बीच-बीच में "नो...नो...सारी...नॉट पॉसिबल प्लीज...कांट से वेन ही विल बी बैक... ओ.के. इफ इट इज सो अर्जेंट यू केन डिसकस विद हिज सन।"

अंकिता अचानक रुक गई। ऐशट्रे की ओर देखा तो सिगरेट रखी-रखी पूरी जल चुकी थी। मेज की दराज से डनहिल का पैकेट निकाला ही था कि तभी मुंशी जी आ गए। अंकिता ने बिना सिगरेट निकाले ही पैकेट दराज में वापस रख दिया। अंकिता ने मुंशी जी से पूछा कि क्या हुआ?

"मैं तो सुबह से ही साहब को ढूँढ़ रहा था। पार्क, अदालत, चैम्बर, क्लब, होटल, पुलिस स्टेशन सब जगह हो आया पर उनका कहीं पता नहीं लगा। वापस आकर छोटे साहब को बताने गया तो वो चैम्बर में इधर-उधर टहल रहे थे। मेज पर 'ऐशट्रे' के नीचे एक चिट्ठी रखी थी और ऐशट्रे में अधजला सिगार। छोटे साहब ने पहले चिट्ठी उठाकर पढ़ी और फिर चुपचाप अपनी जेब में रख ली। ऐशट्रे से सिगार उठाकर बहुत देर तक घूरते रहे और न जाने क्या सोचते रहे। मैं कुछ देर तो चुप रहा फिर मैंने कहा कि साहब का कुछ पता नहीं चल सका। कल के मुकदमों में तारीख ले लें? छोटे साहब ने जैसे सुना ही नहीं। 'लाइटर' उठाया और सिगार सुलगाने लगे। दो-तीन बार सुलगाने पर तो सिगार जला। कश खींचने लगे तो खाँसी पर खाँसी। मन हुआ भी कि उन्हें मना करूँ, मैं कुछ देर चुप रहा, लेकिन कब तक रहता? मैंने फिर पूछा कि कल के मुकदमों में तारीख ले लें? मेरा इतना कहना था कि छोटे साहब ने पहले मुझे घूर कर देखा और फिर 'रिवॉल्विंग चेयर' पकड़कर जोर से घुमा दी। कुछ देर चेयर चक्कर काटती रही। फिर छोटे साहब ने घूमती चेयर रोकी, झटके से उसी पर बैठे, सिगार का लम्बा कश खींचकर धुआँ उगला और बोले, 'यस?'"

मैंने फिर दोहराया कि कल के मुकदमों में तारीख ले लें? तो बोले, 'क्यों...फाइलें निकलवाइए...आई विल आरग्यू।'

मैंने 'जी हुजूर' कहा और बाहर आने लगा तो बोले, 'सुनो, कॉफी और हाँ, वो 302 वाले की बेटी को भेज देना...'

मैं तो 'जी हुजूर' कहकर बाहर आ गया और वो बैठे सिगार पी रहे होंगे। ओफ...मेरी समझ में नहीं आ रहा कि बारह साल की बच्ची से बात क्या करेंगे छोटे साहब?"

बड़बड़ाता हुआ मुंशी कॉफी लेने चला गया। गौर से सुनती रही अंकिता और उसके चेहरे पर विषैली मुस्कान की रेखा खिंच गई।

अंकिता ने फिर टाइपराइटर पर नया कागज चढ़ाया और तेजी से टक...टक...टक...करने लगी।

(साप्ताहिक हिन्दुस्तान, 1990)

लापता लड़की

कहानी तो बस इतनी ही है कि वह लड़की घर लौटने के बाद, सारी रात सपनों का सफेद स्वेटर बुनती और सारा दिन दफ्तर में ऊँघते-ऊँघते उधेड़ती रहती। इस उधेड़बुन में उसे यह पता ही नहीं चला कि उसने कब मेहँदी हाथों में रचाने की बजाय, बालों में लगानी शुरू कर दी थी।

कहानी के इस कंकाल में मुझे सिर्फ लड़की का 'बायोडॉटा' भरना है। मांस (गोरा या काला) और खून, (उच्च, मध्य या निम्न) आवश्यकतानुसार भरा या बदला जा सकता है। अगर रंगभेद न करना चाहें तो मान लें कि वह एक साँवली लड़की थी मगर दिखने में आकर्षक नैन-नक्शवाली (बदसूरत नायिका का साहित्य में क्या काम)। जब तक वर्गविहीन समाज की स्थापना हो, तब तक इसे मध्यवर्गीय परिवार की लड़की समझ लेते हैं। धर्म (हिन्दू, मुस्लिम, सिख, ईसाई) कुछ भी हो, शादी के बाद पतिधर्म में विलीन हो जाएगा। धार्मिक सद्भावना और धर्मनिरपेक्षता की जय-जयकार भी जरूरी है। इसलिए लड़की के पिता हिन्दू और माँ मुस्लिम थी। खुद न मन्दिर जाती है न

मस्जिद। जन्म जिस गाँव में हुआ था वह न जाने कब 'डूब' गया? शिक्षा-दीक्षा कस्बे में हुई और फिर 'कस्बे की लड़की' राजधानी पहुँच गई (लिफ्ट लेते-लेते)।

लड़कियों (औरतों) के अपने घर भी कहाँ होते हैं? वह तो अक्सर पिता या पति (और उनके मर्द वारिसों) का ही होता है न। इस लड़की का घर तो न पिता का है और न पति का–किराए का है। सपने बुन-बुन उधेड़ती रहती है लड़की। सपने बुनेगी तो उधेड़ने भी पड़ेंगे। दफ्तर--सरकारी, गैर सरकारी, अखबार, 'एड एजेंसी', 'ट्रेवल एजेंट', 'प्रॉपर्टी डीलर' या 'शेयर ब्रोकर' कोई भी हो सकता है और दफ्तरों में ऊँघती ही हैं लड़कियाँ (लड़के भी)। ब्याही हों या अनब्याही–क्या फर्क पड़ता है?

ओह! लड़की का नामकरण संस्कार तो रह ही गया। कुछ भी रख लो फ़रहा शर्मा या सावित्री खान। पसन्द नहीं तो आकांक्षा या मुक्ता या फिर सभी नामों के बीच उर्फ़ भी लगाया जा सकता है। वैसे भी लड़की बदलती रही है नाम, घर, धर्म, नौकरियाँ, सम्बन्ध, सपने, शहर और देश–हर बार घर की क़ैद से भागने की कहानी के बाद। जब-जब भागी है लड़की जिन्दगी के घुन लगे फ्रेम और परम्परा की चौखट तोड़कर, तब-तब कुछ दिनों के हल्ले और भागदौड़ के बाद फिर से पकड़ी गई है (ज़िन्दा या मुर्दा)। दरअसल घर से भागी लड़कियाँ फौरन पहचान ली जाती हैं और नायक (खलनायक) अक्सर भाग खड़ा होता है।

नौकरी की तलाश में राजधानी पहुँची इस लड़की को हॉस्टल में कैसे जगह मिली, वह मैं ही जानता हूँ। यहाँ सभी लड़कियाँ (ज्यादातर) चिरकुँआरी, तलाकशुदा या विधवा। हर एक का तथ्य और सत्य मिलता-जुलता-सा। ऐसी ही लड़कियों के लिए बने हैं हॉस्टल और हॉस्टल में जीवन भी ऐसी ही लड़कियों से है। लड़कियों को लगता है जैसे हॉस्टर घर और घर हॉस्टल बन गया है।

वह सुबह निकलती नहा-धो और नाश्ता करके दफ्तर। कभी-कभी पैदल ही। सारे रास्ते सिगरेट फूँकते हुए और अपने आप से बात करते

हुए। पीछे मुड़कर वह कभी देखती ही नहीं थी। शाम को पढ़ने या पढ़ाने जाती और रात देर गए लौटती तो कमरा नम्बर 69 में मेज पर ठंडा खाना रखा होता...कभी खुद खा लेती और कभी कुत्तों को खिला देती। बहुत दिनों तक तो उसे समझ ही नहीं आया कि लड़कियाँ उसे 'मिस सिक्स्टी नाइन' क्यों कहती हैं और जब पता लगा तो वह ऐसे बेहूदा आरोपों से परेशान हो उठी। कमरे का नम्बर तो कुछ समय बाद बदल गया लेकिन उसे अभी भी लगता था जैसे 'सिक्स्टी नाइन' का बिल्ला उसकी देह पर चिपक गया है। ठीक वैसे ही जैसे कॉलेज के दिनों में 'टच-मी-नॉट' का 'स्टीकर' चिपक गया था।

यहीं रहते हुए रात-रात भर जागकर उसने 'सैकेंड सेक्स' से लेकर 'सेक्स' और 'मदर' से 'सूटेबल ब्वॉय' तक पर चिन्तन किया (और चिन्ता भी)। फिल्म और नाटक देखने बहुत दूर नहीं जाना पड़ता था। हाँ! कभी-कभार किसी गोष्ठी, सेमिनार या चित्र प्रदर्शनी में चली जाती और इसी बहाने थोड़ा बहुत पी.आर. हो जाता। 'डेंटिंग पेंटिंग' के लिए 'ब्यूटी पार्लर' जाना उसका 'साप्ताहिक कार्यक्रम' था।

कभी-कभी उसे नींद आती ही नहीं थी, बिना नींद की गोलियाँ खाए और गोलियाँ वह तब खाती थी जब भीतर अँधेरा बाहर से ज्यादा गहरा और भयावह हो जाता था। नींद में वह भटकती थी यहाँ, वहाँ न जाने कहाँ-कहाँ? नहीं मालूम वह कब सोती और कब जागती थी। उसे लगने लगा था जैसे रात को बिल्लियाँ नहीं, सपने में रोती हैं लड़कियाँ या शायद वह स्वयं।

दफ्तर में उसका काम था 'बॉस' की बीवी का शोध ग्रंथ टाइप करना, कागजों पर ठप्पा लगाना, टेलीफोन के नम्बर घुमाना, शाम को हर कागज पर 'बॉस' की घुग्घी मरवाना और खाली समय लायब्रेरी में पत्र-पत्रिकाओं के पन्ने पलटना। जब कभी किसी बड़ी कम्पनी के विज्ञापन में सूट-बूट और टाई पहने आदमी के धड़ पर भेड़िए या रीछ का चेहरा देखती तो मुँह से निकलता, "ओह! माई बॉस!" और वह सामने दीवार पर लगे किसी एक घोड़े पर बैठ भाग खड़ी होती। सूरज डूबने से पहले घोड़ा उसे हॉस्टल पटकता और वापस दीवार पर आ

चिपकता। सुबह होश आता तो अखबार बताता कि कल इसके साथ बलात्कार हुआ और उसका अपहरण, इसने आत्महत्या कर ली और उसने हत्या। पहले चाय कुछ कड़वी लगती और फिर सोचती, 'चलो, मैं तो बच गई खबर बनते-बनते।'

धीरे-धीरे उसे समझ आने लगी राजधानी। उसे लगता अब यहाँ इतने बड़े शहर में किसको किसकी परवाह है? न 'तालाब में डूबी लड़कियों' की चिन्ता और न 'स्टोव फटने से जलकर मरी बहुओं' की। कुछ भी हो जाए आँखों के सामने घटना या दुर्घटना–हमने कुछ नहीं देखा जी (कौन करता फिरेगा कोर्ट-कचहरी?)। यहाँ किसी को नहीं आती महीनों बगल में बंद मकान के अन्दर सड़ती लाशों की दुर्गन्ध। मगर किसी भी लड़की के व्यक्तिगत (प्रेम) सम्बन्धों की खबर फौरन 'फैक्स' हो जाती है।

फिर एक दिन अचानक लड़की ने सोचा और फैसला कर लिया कि वह अब और नहीं रहेगी हॉस्टल में।

लड़की नहीं रहना चाहती हॉस्टल में या हॉस्टल छोड़ किराए के मकान में एक सरदार (दंगों के बाद से 'क्लीन शेव्ड') के साथ रहना चाहती है। शायद अब वह भी माँ बनना चाहती है। माँ!

क्या हुआ? आप नाक-भौं क्यों सिकोड़ रहे हैं? अच्छा! अच्छा! सरदार जी के साथ बिना सात फेरे लिए कैसे रह सकती है? यही एतराज है न आपको? पर इसका तर्क यह हो सकता है कि भाई दोनों एक-दूसरे से प्रेम करते हैं, 'दे वांट टु लिव टु गेदर।' सरदार जी के पहले सात फेरों को अभी तक तलाक की 'डिक्री' मिली नहीं है। अदालत में पाँच साल से तारीख पड़ रही है और पता नहीं कब तक पड़ती रहेगी। अकेली लड़की को कोई तो 'बहादुर' सुरक्षा गार्ड चाहिए न। बाहर अकेली लड़की कैसे रह सकती है? क्यों बिलावजह पुलिस 'रिकॉर्ड' में एक और 'अवार्ड' बढ़ाना चाहते हो?

नहीं...लगता है आपको लड़की का इस तरह (बिना सात फेरे) सरदार जी (या किसी और) के साथ रहना नैतिक नहीं लग रहा। आगे खतरा नजर आ रहा है कि ऐसे साथ रहेगी तो गर्भ, गर्भपात, बच्चा

(हरामी)...नहीं, कहानी खतरे की सीमा रेखा से बाहर जा रही है और नायिका नारी 'फ्रेम' में 'फिट' नहीं हो रही। शहर में दंगा-फसाद पहले थोड़ा हो चुका है!

चलिए, मान लेते हैं, नहीं रहेगी लड़की सरदार जी के साथ। पर अब क्या करें? हॉस्टल में रहना नहीं चाहती और सरदार जी के साथ आप रहने नहीं देना चाहते। आपको ही सौंप देता हूँ।

'ऐ लड़की! सुनो, अब से तुम इन पाठक (जी) के साथ रहोगी... ठीक।'

पाठक (जी) के साथ भेज दी लड़की। एक बार तो मैंने भी राहत महसूस की। चलो 'आफत' टली। ऐसी शिक्षित और स्वावलम्बी लड़की को सँभालना जेब में हरदम 'टाइम बम' लिये घूमने जैसा है।

मैंने सोचा भी नहीं था कि एक दिन लौटेगी लड़की। पर कुछ ही दिनों बाद लड़की सचमुच लौट आई। मुझे देखते ही सुबक-सुबह कर ऐसे रोने लगी जैसे ससुराल वालों ने और दहेज लाने के लिए मारपीट कर घर से निकाल दिया हो। पूछा तो कहने लगी, "कहाँ भेज दिया आपने मुझे? वो तो सारा दिन पूछता है 'इसके पीछे क्या है?' और 'उसके पीछे क्या है' 'नीली' फिल्में देखता है और 'गर्म' पत्रिकाएँ पढ़ता है। हर वक्त मुझे ऐसे देखता है जैसे फाड़ खाएगा। वह तो सिर्फ मेरे प्रेम-प्रसंगों और सहवास वर्णनों को ही कंठस्थ करने में लगा रहता है। बाहर लोगों के सामने मुझे 'बदचलन', 'चरित्रहीन' और 'कुलटा' कहकर बदनाम करता है और आप पर अश्लीलता का इलज़ाम लगाता है। कहता है 'सैकेंड हैंड' हूँ, पहले आपने खुद...और अब मुझे परोस दिया।' नहीं, मैं नहीं रह सकती अब और उसके पास। आप मुझे वापस बुला लो, प्लीज। मैं अभी और जीना चाहती हूँ।"

सुनते-सुनते जी में आया कि नींद की गोलियाँ खाकर सो जाऊँ या फिर सारे कागज (कारे) फाड़कर रद्‌दी की टोकरी में फेंक दूँ। भाड़ में जाए लड़की और लड़की की कहानी। बाकी सारे पात्र भी भगा दिए। अब कहाँ से ढूँढ़ कर लाऊँगा? नहीं, मुझे और बहुत से जरूरी काम

करने हैं। मैंने अपना पीछा छुड़ाना चाहा। मगर वह जिद्दी लड़की मानने को तैयार ही न हो।

"अच्छा, बाबा अच्छा। मैं अभी तुम्हारा इन्तजाम करता हूँ" कहते हुए टेलीफोन के बटन दबाने लगा।

"हैलो! प्रकाश, मैं बोल रहा हूँ। क्या हो रहा है? यार, वो लड़की फिर वापस आ गई! क्या करूँ। बड़ी मुसीबत में हूँ। मैंने तो पहले ही कहा था कि मेरे बस की नहीं है कहानी-वहानी।...नहीं यार! वह 'अच्छी लड़की है' 'बहुत अच्छी लड़की'...नहीं...नहीं यार! उसे भी तुम्हीं 'एडॉप्ट' कर लो...अच्छा, जल्दी आना प्लीज।"

फ़ोन रखा तो लड़की का भाषण शुरू—"नहीं जाऊँगी, अब किसी के भी साथ, कहीं भी। आपने पैदा किया है तो भुगतो भी आप ही। क्या समझते हो मुझे...जब चाहा पैदा किया, जैसा बनाना चाहा बना दिया। नहीं सँभाल पाए तो बेसहारा छोड़कर भाग गए या किसी और के हाथों मरवा दिया। नहीं, मैं आपको यूँ न भागने दूँगी और न किसी हादसे में मरवाने।"

मैं झल्लाया मन ही मन—'मैंने भी क्या मुसीबत गले डाल ली।'

शाम को पार्टी में एक और दोस्त से सलाह ली तो बोले, "अरे, इसमें क्या मुसीबत है? समझा-बुझाकर भेज दो प्रकाश के साथ...कुछ दिन बाद खुद ही वापस आ जाएगी और कहेगी कि वो तो मुझे 'मझधार किनारे' या 'बीच सड़क पर' छोड़कर भाग गया। फिर कुछ दिन अपने साथ रहने दो। रह पाएगी तो रह लेगी, नहीं तो तुम्हारे यहाँ से भी अपने आप चली जाएगी। सबको देखने के बाद ही शायद वह स्वयं अपना रास्ता तलाश पाएगी। इससे अधिक भला तुम और कर भी क्या सकते हो?"

मैंने कुछ कहना चाहा तो बोले, "अपने को 'एक्सपोज' करने में डर लगता है? डरो मत...होने दो कहानी को पूरा...और कोई रास्ता भी नहीं है।"

वापस लौटा तो नशे में बुरी हालत थी और लड़की प्रतीक्षा करते-करते सो गई थी। सारी रात यूँ लगा जैसे दोनों दौड़ रहे हैं। कभी वो

आगे और कभी मैं। दौड़ते-दौड़ते मैं एकदम निढाल हो गिर पड़ता हूँ और वो न जाने कितनी दूर तक दौड़ती रहती है। आँख खुली तो लड़की नहीं थी। शायद समझ गई होगी सारी कहानी।

सामने नजर पड़ी तो दीवार पर लगे कैलेंडर में लड़की, वही लड़की घोड़े पर बैठी मुस्करा रही थी।

(हंस, 1994)

शिकार

एक रिटायर्ड बाप की बेटी का नाम है सपना। सपना जिस उम्र में नगर नायकों को पागल कर सकती थी, शायद खुद ही पागल हो गई।

लोग कहते हैं : सपना की एक सहेली थी जिसके बाप की शहर में सबसे बड़ी हवेली थी। सहेली का एक भाई था और 'भाई' का नाम था राजकुमार जिसे सिर्फ शिकार का शौक था। होने को उसका नाम दुष्यंत या राम कुछ भी हो सकता था। एक दिन राजकुमार सपना का शिकार करके लौटा तो फिर कई दिनों तक हवेली में नजरबंद रहा। सपना अस्पताल, पुलिस-थाना और कोर्ट-कचहरी करती रही मगर राजकुमार की घर बैठे जमानत हो गई। जमानत होते ही राजकुमार फिर शिकार पर निकल पड़ा। शिकार करने के बाद सपना से बोला, "अगर शिकायत की तो मुझे फिर आना पड़ेगा। अगली बार अकेला नहीं आऊँगा।" सपना ने दुबारा शिकायत की। राजकुमार की फिर घर बैठे जमानत हो गई। राजकुमार शिकार करता रहा, सपना शिकायत और कचहरी-जमानत।

सपना के गर्भ में पलने लगा गुलाब और एक दिन वह सपना का

सच बन गया। सपना गोदी में गुलाब लिए सुबह से शाम तक हवेली और कचहरी के चक्कर काटती रही। उसे देखते ही हवेली में काले कुत्ते भोंकने लगते और कचहरी में काले कानून। घर आते ही माँ बड़बड़ाने लगती, "कलमुँही पैदा होते ही मर क्यों नहीं गई," और बाहर निकलते ही शहर सीटियाँ बजाने लगता। हर कोई कभी 'हीरोइन' कहकर छेड़ता और कभी 'हाय! मारुति।' सपना के इस गूंगेपन से सब डरते भी थे। शायद सबको यह लगता था 'सपना सचमुच बोल पड़ी तो फिर क्या होगा?'

कचहरी में घुसते ही सपना, पढ़ना नहीं भूलती 'दलालों से सावधान' और दिन-भर उसके दिमाग में 'होशियार, खबरदार' की आवाजें लगाता चौकीदार घूमता रहता। 'लंच टाइम' में उसे आ घेरती सीता, शकुंतला, द्रौपदी, माया, मथुरा, अमीना, जूली या हरप्रीत कौर। अक्सर छोटे-छोटे लड़के-लड़कियाँ उसे ला देते आज की ताजा खबर 'सुमन को साँप डस गया', 'भावना को भेड़िया खा गया', 'बेटी से मुँह काला किया' और 'खाकी वर्दी ने इज्जत खाक की।' खबरें सपना के मन में खलबली मचाती रहतीं। पुरानी खबरें भूलने से पहले ही, नई खबरें आ खड़ी होतीं।

सोचते-सोचते सपना को लगने लगा कि वह भी एक बासी खबर है या कोई पुरानी कहानी। वकीलों के लिए बस एक मुकदमा और कचहरी के लिए सिर्फ एक 'केस फाइल'। नहीं जानती थी सपना, कब तक और चलेगा मुकदमा। वकील हड़ताल पर बैठे रहते और कचहरी में हर बार पड़ जाती तारीख। गवाह सुबह-सवेरे आते, हाजिरी लगवाते और साँझ ढले लौट जाते। होते-होते ऐसे ही हर साल बदल जाता कैलेंडर, किसी न किसी गवाह की तरह। फिर भी सपना रोज अदालत में आती, बरगद नीचे बैठ बीड़ी सुलगाती, गुलाब को दूध पिलाती और अँधेरा मुट्ठी में भर, घर ले जाती।

बूढ़ा बाप समझता था सब कुछ मगर हमेशा कहता था, "जिन्दा है—मेरी बेटी जिन्दा है।" सपना के सामने सवाल था 'मैं जिन्दा हूँ' या 'ठंडा गोश्त?' सपना सोती तो माँ रोती रहती और सुबह पता चलता

सारी रात, होती रही बरसात। चूहे कुतर गए कुर्ता, साड़ी और किताब। गुलाब को तेज बुखार है। शहर में कर्फ्यू लगा है। सड़कों पर फौजी गश्त लगा रहे हैं। कर्फ्यू हटेगा तो पता लगेगा, कितनी बेटियों की बोटियाँ नोंची गईं। अभी तो 'किसी अप्रिय घटना का समाचार नहीं।'

कर्फ्यू हटते ही राजकुमार 'जिन्दाबाद-मुर्दाबाद', दीवारों पर पोस्टर, चौराहों पर जलसे, जुलूस। राजकुमार की जय-जयकार के साथ ही लहराने लगा हवेली पर सरकारी झंडा। घर-घर संदेशा पहुँचा राजकुमार अब 'अश्वमेध यज्ञ' करवाएँगे और फिर शिकार पर दिल्ली जाएँगे। चौपाल में हुक्के गुड़गुड़ाने लगे...दिल्ली...यहीं नहीं है दिल्ली।

हर दूसरे दिन दलाल आते, सपना को समझाते, फुसलाते और कहते, "जो होना था, सो हो गया। राजकुमार को सजा होने से रही, हो भी गई तो तुम्हें क्या मिलेगा? कब तक कचहरी के चक्कर काटोगी। अब देखो गुलाब बड़ा हो रहा है। कल पूछेगा तो उसे क्या जवाब दोगी? अब भी मान जाओ, सब ठीक हो जाएगा।" सपना सुनती, सोचती मगर जवाब दिए बिना ही, दाँत पीसते हुए उठकर अन्दर चली जाती।

कचहरी में वकील बहस करते रहते, "सपना की उम्र सोलह से कम है। कैसे बचा लोगे राजकुमार को। सहमति और बदचलनी के हथियार यहाँ चलेंगे नहीं, बच निकलने का कोई रास्ता नहीं है इस बार।"

सब चुप हो जाते तो उनमें से एक उठकर जाते हुए कहता, "सारे रास्ते जब बन्द हों तो, रास्ता नया बनाना पड़ता है।"

दलाल आते रहे, सौदा पटाते रहे। सपना सुनती रहती और गुलाब के लिए स्वेटर बुनती रहती। एक शाम कोई दलाल आया था, साथ में किसी वकील को लाया था। वकील नहीं शायद जादूगर था। दो घंटे बैठा रहा चुपचाप। जाते-जाते सपना का दिमाग कीलने लगा।

"मान लो तुम राजकुमार की (धर्म) पत्नी हो।"

सपना बीच में ही बोल पड़ी, "ऐसे कैसे मान लूँ वकील साहब?"

यह सुनते ही उसका अगला सवाल था, "फिर कैसे मानोगी सपना?"

और सपना के मुँह से निकला, "मानकर नहीं, बनकर मान सकती हूँ।"

अगले दिन वकील साहब अकेले ही आए थे, साथ में बस कुछ कागजात लाए थे। सपना ने कागज देखने और पढ़ने के बाद पूछा, "अगर मैं राजकुमार की ब्याहता हूँ तो फिर दूसरी?"

सवाल पूरा होने से पहले ही वकील साहब समझाने लगे, "तलाक का एक मुकदमा राजकुमार की तरफ से डाला जाएगा। तुम्हें नोटिस आएगा। तुम अपना वकील भेजोगी। ये रहा वकालतनामा। वो सिर्फ एक बार पेश होगा और वकालतनामा दाखिल करेगा। उसके बाद वह आएगा नहीं और अदालत से एक तरफा तलाक हो जाएगा। इससे साबित हो जाएगा कि तुम दुर्घटना के समय राजकुमार की पत्नी थी और सारा खेल...। दूसरी से सब बातें खुलकर हो चुकी हैं। जब तुम्हें कोई एतराज नहीं तो वह वैसे ही कुछ नहीं कर सकती। तुम सिर्फ वकालतनामा साइन करो, बाकी काम मैं सँभाल लूँगा। उसके बदले गुलाब को बाप का नाम, सिर पर हवेली की छत और दस 'पेटी गिफ्ट'। ये रहे कागजात। तुम ठाठ से हवेली में रहो...महाराज जल्दी ही दिल्ली लौट जाएँगे और फिर कभी लौटकर नहीं आएँगे। वैसे भी वहाँ से कौन लौटकर आता है।"

सपना कुछ देर सोचती रही और फिर बोली, "ठीक है, वकील साहब! कल कब्जा और दस लाख दे देना, जहाँ कहोगे दस्तखत कर दूँगी।"

वकील साहब को बाहर तक छोड़कर सपना अन्दर आई तो उसे हवा में गिन्नियों की खनखनाहट-सी सुनाई पड़ी। माथे से पसीना पोंछा तो लगा हाथ पर पसीना नहीं सिन्दूर पुता है। गुलाब को बाहों में भर सपना सीढ़ियाँ चढ़ने लगी और छत की मुंडेर पर खड़ी होकर बोली, "देखो, देखो गुलाब! वो...रही हमारी हवेली और यह रहा उसका रा... ज...कु..."

पीछे मुड़कर देखा तो चारों ओर स्टेनगन ही स्टेनगन थीं।

(स्वतंत्र भारत 1995)

यस पापा

महाज्ञान बाबू का इकलौता बेटा चेतन अप्पूघर-पप्पूघर ही नहीं स्कूल, कॉलेज और दफ्तर से वापस घर तक सारी उम्र, पापा की उँगली पकड़े-पकड़े गाता रहा "यस पापा, यस पापा, पापा पापा, यस पापा।" इस बीच लीलाओं, नाटकों और नौटंकियों में सीता, राधा और द्रौपदी का पात्र जीते-जीते चेतन न जाने कब चेतना बन गया था।

चेतना को घर बेगाना किला लगता था और उस पर हर समय पापा का पहरा, पापा की अध्यक्षता में सारा दिन पंचायत और मीटिंग चलती ही रहती थी। चेतना महसूसती कि रात-दिन चेतन का आतंक उसका पीछा कर रहा है। उसे चेतन की छाया छूने से भी डर लगता था। इसलिए ज्यादातर वह अपने बन्द कमरे मे ही रहती। देखते-देखते कमरा कैमरे में बदल जाता और कैमरे में कैद चेतना को चूहे कुतरने लगते। अँधेरे में चीखती, चिल्लाती, भागती, भटकती चेतना बेहोशी के बिस्तर में बड़बड़ाती रहती–"नो पापा–नो पापा, प्लीज पापा–नो पापा।"

होश आता तो 'रिहर्सल' खत्म हो चुकी होती। सामने पत्थरों की

दीवार पर चंदन की चौखट में शीशे के दरवाजे और जाली के बीचों-बीच एक सिन्दूरी छिपकली, कोने में हल्दी पुता चाँद और काले धुएँ के बादलों से ढका आकाश नजर आता। कभी-कभी कुछ भी नजर नहीं आता था।

चेतना अपने मांसल बिस्तर में से उठती और नहा-धोकर किले से बाहर निकलती तो हवा में हवन की गंध-सी महसूस होती। उसका कंप्यूटर बताता, "अरे! आज तो शूटिंग पर जाना था।" वह खटाखट पाँवों में पहिए लगाती और स्टूडियो पहुँचती तो बाहर चक्कर काटता चेतन डाँटने की मुद्रा में झिड़कता, "ऐसे तो 'मॉडल' क्या 'टाइपिस्ट' भी नहीं बन पाओगी। समझी कुछ?"

चेतना अन्दर जाती, बुर्का उतारती, पैंट-शर्ट बदलती, जादुई रंगरोगन लेपती और गोली खाते ही किसी बेहद सुन्दर गुड़िया में बदल जाती। गुड़िया गाती "शूट मी...शूट मी...शूट मी प्लीज।" और उसकी उत्तेजक भाव भंगिमाओं को पकड़ते-पकड़ते लैंस की लार टपकने लगती। सबसे ऊपर 'क्रेन' पर लटके पापा काट-छाँट करते रहते। वह जब थक जाती तो गुड़िया को वहीं कहीं किसी अनाथ कोने में छुपाकर किले में लौट आती।

रास्ते में उसे एक बार लगता कि कहीं जंगली कुत्ते गुड़िया को फाड़ न खाएँ और पलक झपकते ही शान्त हो जाती–'शायद इसीलिए तो छोड़ आई हूँ। कुत्ते ढूँढ़ते फिरेंगे गुड़िया को...गुड़िया चेतन को...चेतन अपने पापा को...पापा मुझे...और मैं...हा हा...हा...।'

चेतन सन्नाटे में संवाद बोलता, "गुड़िया सुन्दर है...सुन्दरी है...विश्व सुन्दरी है। जिस 'ब्रांड' को भी छुएगी सोना बन जाएगा।" गूंगी-बहरी गुड़िया चुपचाप लेटी रहती। चेतना हँसती, ''मांस का खिलौना है...है नहीं दिखती है। खेलोगे तो गुड़िया है...खाओगे तो मिट्टी।''

सुबह सवेरे 'देवी-देवताओं' को मनाने जाते-जाते पापा समझाते, "न गुड़िया है...न खिलौना है। मूर्ति है माँ की...देवी माँ की। कुछ धर्म, दर्शन, इतिहास, गीता, रामायण, वेद, पुराण, कुरान पढ़ो तो पता लगे।

सारा दिन टी.वी., फिल्में और वाहियात नॉवेल पढ़ोगे तो यही होगा।" श्लोक सुनते-सुनते चेतन हुँकारा भरता रहता, 'यस पापा-यस पापा,' और चेतना जब तक जोर से चीखती, "नो पापा, नो" तब तक पापा अयोध्या पहुँच चुके होते।

चेतना के शहर में शिकारी 'ठाँय! ठाँय!' करते और कुछ दिन 'कर्फ्यू' रहता। अखबारों में कभी घोटाले और कभी सेंसर फैल जाता। रोज कुछ 'स्टेनगनें' पकड़ी जातीं; 'सिरफिरे' पुलिस मुठभेड़ में मारे जाते और शाम को कुछ लाल-सफेद टोपियाँ मंत्री पद की शपथ लेती दिखाई पड़तीं। अफवाहें गश्त पर घूमती रहतीं...संस्कृति खतरे में...विदेशी प्रचार तंत्र से सावधान। खतरे का 'सायरन' बजता तो पापा मौन व्रत धारण कर, आमरण उपवास पर बैठ जाते।

चेतन की दुनिया सुबह से शाम तक गुड़ियों भरी गाड़ी लेकर कोठियों से कोठों तक घूमती रहती। कभी-कभी कुछ गुड़ियों को कुत्ते उठा ले जाते और कुछ खुद ही भाग जातीं। वह घर से धोती-कुर्ता पहनकर निकलता। मगर देर रात गए नशे में धुत झूमता-झामता लौटता तो सूट-बूट और टाई पहने होता। पापा पूछते, "आ गए बेटा," तो वह कभी हिन्दी, अंग्रेजी, उर्दू, पंजाबी, अरबी में या कभी फ्रेंच, जर्मन या जापानी वगैरा-वगैरा में 'यस पापा' कहकर अपने कमरे में घुस जाता।

पापा सुबह तक सोने के सिक्के तौलते, शेयर गिनते और 'बजट' बनाते रहते। 'लाईफ' पढ़ते-पढ़ते वसीयत लिखने लगते और 'आत्मकथा' लिखते-लिखते पड़ोसी की पत्नी संग 'हनीमून' पर चले जाते। उनका 'हनीमून' कभी खत्म ही नहीं होता।

चेतन नींद में फुसफुसाता, "फादर-फादर...गॉड फादर।"

चेतना झल्लाती, "फादर-फादर...फ्रॉड फादर।"

चेतन ठुनकता, "फ्रॉड नहीं, फ्रॉयड।"

चेतना संवेदना का संगीत सुनते-सुनते न जाने कब समाधि में चली जाती। तीर्थयात्राओं से लौटती तो चन्दन की चौखट में शीशे और जाली के बीच लटके 'मंगल-सूत्र' और पृष्ठभूमि में रेतीले अंधड़ नजर आते।

नींद में चेतना के चारों ओर बम-पटाखों की धड़ाम...धड़ाम और बारूदी धुआँ भर जाता। ऐसा लगता जैसे सारी रात शरीर पर साँप रेंगते रहे और सुबह अपनी केंचुलियाँ कमरे में ही भूल गए।

एक दिन पापा को खोजते-खोजते चेतना ने खोज निकाली महाज्ञान बाबू की जन्म कुंडली। किसी अनाम चीनी ज्योतिषी ने वर्षों पहले लिखा था—"जातक बन्दर की तरह बुद्धिमान, चालाक, हाजिर जवाब, रंगीन मिजाज और शरारती स्वभाव का होगा। ज्ञान की तीव्र जिज्ञासा में देश-विदेश की यात्राएँ निश्चित हैं। शास्त्रार्थ में सदा विजयी रहेगा। अधिकांश लोग तो बालक की घुड़की भर से भयभीत रहेंगे। बहुमुखी प्रतिभा के बल पर हर क्षेत्र में सफलता मिलेगी। कला, साहित्य, दलाली, सट्टा, राजनीति या वकालत में अनेकों सम्मान, अपार सम्पत्ति और अजेय सत्ता का अनन्त सुख हासिल होगा।"

भविष्यवाणी पढ़कर चेतना बहुत देर तक गुदगुदाती रही और मन ही मन गुनगुनाती रही, "मोंकी-मोंकी, यस पापा...डोंकी-डोंकी, यस पापा।"

चेतन के कान बजबजाए तो खीझकर बोला, "पापा इज ए मोंक, नॉट ए मोंकी...ब्लडीफूल।"

चेतना ने शीतयुद्ध छोड़ मोर्चा सँभाल हमला किया, "चेतन तू चूहा है चूहा...और चूहे से ज्यादा अवसरवादी और घिनौना और कोई नहीं होता।"

चेतन के चेहरे पर अपराध बोध सा 'प्लेग' फैलने लगा और अपमानित चेतन ने पाँव पटकते हुए आखिरी हथियार चलाया, "इफ आई एम ए रैट, यू आर ए कैट एंड मेयर ली ए स्टिकिंग 'बिच्च'।"

चेतना को ऐसा लगा जैसे चेतन ने तेजाब छिड़क दिया हो। लेकिन दूसरे ही क्षण झपट्टा मार नोंचते हुए बोली, "सुनो, मिस्टर यस पापा, यू नो...दि कैट कैन कैच एंड किल दि रेट।"

चेतन डर के मारे, "पापा-पापा, ओ पापा, कैट विल किल मी ओ पापा," गाते-गाते चिल्लाने लगा।

यश पापा

आँख खुली तो चेतना की एक मुट्ठी में मरा हुआ चूहा और दूसरी में चेतन का चेहरा था। सामने चंदन की टूटी चौखट पर बैठे बंदर को जैसे लकवा मार गया था। लेकिन अभी भी वह खों...खों करता खोपड़ी खुजला रहा था। खु...ज...ला...र...ह...ा...है...।

(समाज कल्याण 1996

स्लीपिंग पार्टनर

शताब्दी अपनी रफ्तार से भागी जा रही थी। मैं सारे रास्ते जाने क्या-क्या सोचता-समझता रहा और समीक्षा, सामने सीट पर पैर पसारे 'कैट स्केनिंग' करती रही।

मेरे दिमाग में सालों पीछे छूटा गाँव, घर, खेत, खलिहान और गुरुकुल बसते-उजड़ते रहे, लहंगा-ओढ़नी पहने नानी माँ किस्से-कहानियाँ सुनाती रही और बहुत से नंग-धड़ंग बच्चे दूर जंगल में भेड़-बकरियाँ चराते रहे।

बीच-बीच में ऐसा लगता जैसे बिना बताए डाकिया, बन्द दरवाजे के नीचे से कोना फटा पोस्टकार्ड सरका कर चला गया हो। हर बार कोना फटा पोस्टकार्ड। उस समय ममता, करुणा, स्नेह, प्रेरणा, प्रतिभा और स्मृति के शवों और शवों की स्मृतियों से चौतरफा घिरा मैं, श्मशान सा उदास और अकेला हो जाता। बता नहीं सकता कितना बेचैन... कितना परेशान।

समीक्षा कोई मिथक, कल्पना या सपना नहीं, हाड़-मांस की जीती-जागती, हँसती-खेलती और घूमती-फिरती जिन्दा लड़की है।

लेकिन पता नहीं क्यों कभी लगता कल्पना या सपना भी हाड़-मांस की जिन्दा लड़की हो सकती हैं और कभी हाड़-मांस की जिन्दा लड़की भी मिथक, कल्पना या सपना-सी लगने लगती। 'मेकअप' में वह मुझे भी ऐसी जासूस लगती जो मेरी क्या मेरे महाजनक तक की जन्मपत्री बाँचे हुए हो और कभी जादुई कहानियों वाली साक्षात् जादूगरनी, चुड़ैल या डायन जो मौका लगते ही मुझे तोता, बुलबुल, मैना या कबूतर बनाकर सोने-के पिंजरे में बन्द कर देगी। ऐसे में मुझे उस 'खतरनाक लड़की' से बेहद डर लगता और बार-बार मन करता कि सब कुछ छोड़-छाड़कर कहीं दूर पहाड़ी जंगलों में जा साधू-संन्यासी बन जाऊँ, घोर तपस्या करूँ और मोक्ष प्राप्त करके जीवन-मरण के दुष्चक्र से सदा-सदा के लिए छुट्टी पाऊँ। लेकिन 'किन्तु-परन्तु' और 'अगर-मगर' ने मुझे पूजा, साधना या आराधना में ही उलझाए रखा और कभी कुछ करने ही नहीं दिया।

समीक्षा की भाषा में मैं अपने पिता और वह अपनी मम्मी की कार्बन-कॉपी हैं। मुझे नहीं मालूम माँ कब, कहाँ, कैसे और क्यूँ मरी या मार दी गई। हाँ! जब भी कोई पूछता, "आपका नाम, बाप का नाम?" तो मैं बिना सोचे-समझे बता-लिखा देता वही नाम जो मेरे स्कूल सर्टिफिकेट में लिख-लिखा दिया गया था। मम्मी-पापा के प्रेत, हर समय हमारे आस-पास मंडराते रहते और पता नहीं हम कभी इनसे मुक्त हो भी पाएँगे या नहीं।

मैं अकसर कहता—काश! हम मम्मी-पापा होते।

नानी माँ के जाने के बाद कई-कई बार सोचना पड़ता स्थायी 'अता-पता' और सोचते-सोचते आकाश बयाँ के घोसलों-सा लटका नजर आता। उजाड़ और सुनसान। ऐसे समय में सुबह से शाम तक मैं, हर कुछ देर बार माचिस की एक तिल्ली जलाता और रोज यह फैसला करके सोता या सो जाता कि कल पूरी माचिस में ही आग लगा दूँगा...आग। लेकिन कह नहीं सकता क्यों? समीक्षा जब भी चश्मा उतार लाड़ से कहती, "तुम, बिलकुल पापा जैसे लगते हो।" तो मुझे महसूस होता कि या तो उसके पापा ही मेरे पिता होंगे या फिर मेरे पिता

उसके भी पापा। मैं अनुमान लगाता–'हो सकता है उसकी मम्मी ने मरते समय सच बता दिया हो' और कान में नानी माँ कहने लगती, "कोई भी आदमी या औरत, मरते समय झूठ नहीं बोलता।" मुझे नहीं मालूम उसकी 'मेम साहब' सी मम्मी ने सच बोला या झूठ। मुझमें जब पालतू पिल्ले से पापा नहीं मिलते तो वह अक्सर 'स्माइल प्लीज' जैसी हँसी दिखाते हुए कहती, "यू सन ऑफ ए गन" और बिल्यिर्ड खेलने लगती। कई बार जीत जाती तो उसे शक होता कि मैं उसे जान-बूझकर जीतने देता हूँ। शायद इसीलिए उसने एक दिन झल्लाकर कहा भी, "ह्वाई यू आलवेज गिव ए मिस?" मैं सिर्फ "ओह नो...मिस...नो" कहकर टालने की कोशिश करता रहा।

वह दूधिया रोशनी में दुनिया-भर के चमड़ा उद्योग के शेयरों के भाव बताते-बताते अचानक अपना पर्स उठाती और यह कहकर ठक... ठक...ठक करती मेरी समझ से बाहर चली जाती–"यू आर ट्राइंग टू किस ए गनर्ज डॉटर।"

मैं गुस्से में गालियाँ देता, कार्टून बनाता, प्रेम कविताएँ लिखता, इन्द्रजाल फैलाता, सफेद कमीज को लाल-काली करता और सारा दिन बू...बू... करता प्याज के छिलके उतारता रहता। अपने को 'वाईज' और उसे 'अदरवाईज' समझता मैं, कभी गिटार बजाता और कभी जोर-जोर से गाता "...इट...इज ए मैड...मैड...मैड ...वर्ल्ड..."

होश आता तो समीक्षा...समीक्षा...प्लीज समीक्षा करने लगता। वह जितना पढ़ाती-समझाती-रिझाती, मैं अपने पितजी की तरह उतना ही उलझता-ऐंठता चला जाता। उस समय वह एकदम मम्मी-सी लगती। हर बार वह ब्रह्मांड सुन्दरी-सी हँसती हुई आती मगर जाते-जाते बच्चों की तरह रोने लगती। कई दिनों तक वह मन में गुलाबी मछली-सी तैरती रहती और मैं 'आइस बॉक्स' से 'बैडरूम' में पड़ा-पड़ा 'शो पीस' देखता रहता। नींद में चूल्हे पर चाय का पानी रख, शान्ति की तलाश में निकल पड़ता। हाथी दाँत से बने द्वार तक पहुँचते-पहुँचते ऐसा लगता जैसे धरती से अम्बर तक आग लगी है...आग लगी है इस कोने से उस कोने तक, दुनिया भर में। चारों ओर चन्दन वन में विष वृक्षों पर फन फैलाये

साँप, टहनियों से लटके लिपे-पुते भयावह चेहरे और आगे-पीछे टहलते हथियारबन्द शिकारी नजर आते।

सुबह-सुबह अखबार-सी समीक्षा आ दरवाजा खटखटाती तो मैं हड़बड़ाकर उठता। दरवाजा खोलता और देखता कि कमरे में धुआँ ही धुआँ भरा है। चौखट पर खड़ी समीक्षा काफी देर तक दमे के मरीज की तरह खाँसती रहती और मैं गर्भग्रह से बाहर, निकल सड़क पर जहर खाकर मरे चूहों की शवयात्रा में शामिल हो कहने लगता–"राम नाम सत है, सत बोलो गत है..."

शवयात्राओं से लौटता तो 'घर सूना बिन कामिनी' के आदेश-उपदेश देते 'डैड लैटर्स' पढ़ते-पढ़ाते, मन में मिट्टी के घरौंदे बनाते-तोड़ते बच्चे खेलने लगते और आँखों में सजा शामियाना धूँ...धूँ करके जलने लगता। सामने शीशे में बणी-ठणी-सी समीक्षा आ खड़ी होती और मैं जाने-अनजाने, नाखून चबाते-चबाते अँगूठा चूसने लगता। दोनों आमने-सामने अड़े टिक...टिक...टिक...सुनते रहते और चुपके-चुपके हवाई जहाज बनाते-उड़ाते शाम हो जाती।

'ड्राईक्लीन' कर बाहर निकलता और बस स्टाप पर पहुँचकर घंटों सोचता–'कहाँ चला जाए?' घूम-फिरकर क्लब पहुँचता और रात देर गए टैक्सी पकड़ वापस आ जाता। नशे में कभी-कभी लगता बिस्तर में बेसिर-पैर की समीक्षा सोई पड़ी है–अँधेरे में सिर-पैर ढूँढ़ते-ढूँढ़ते बेहद भयभीत और आतंकित हो चीखने की कोशिश करता लेकिन गले से आवाज ही नहीं निकलती। आँख खुलती तो पता लगता कि फर्श पर रजाई में दुबका पड़ा हूँ। बहुत देर तक समझ ही नहीं आता कि ऐसा कैसे हुआ? फिर सोचता शायद रात कुछ ज्यादा ही हो गई और रजाई उठा पलंग पर सोने की कोशिश करता लेकिन नींद न आती। सिरहाने रखे 'मॉनिंग गिफ्ट' को बार-बार उलट-पलट कर देखता और फिर से 'पैक' करके रख देता। मैं करवटें बदलता गिनता-गिनाता रहता दिन, महीने, साल और हर साल अपने आपको समझाता–'जो होगा, देखा जाएगा' पर बार-बार खयाल आता 'बचपन में बिछुड़े बसन्त से न जाने कब मिलना होगा?' होगा...नहीं होगा...शायद हो...शायद नहीं। सोकर

उठता तो बहुत देर तक सिर पकड़ कर बैठा रहता। 'हैंग ओवर' में पानी पीते-पीते याद आता—'ऐसे ही एक रात वह भी पीकर आई थी। न जाने कहाँ से और कितनी। सुबह हुई तो पता चला वह नहा-धोकर कब की चली गई और मैं उल्टियों से गन्धाते बिस्तर में पड़ा, सपने देखता रह गया...सपने।'

उस दिन के बाद, सालों मेरे दिमाग में सारी-सारी रात वह भेष बदल-बदल कर फेरे लगाती रही। कभी सार्थक के साथ ठहाका लगा हँसती हुई, कभी वैभव और समर्थ के साथ रोती-पीटती हुई और कभी मोहित या प्रतीक की बाँहों में बेहोश। मैं नशे में बड़बड़ाता। चीखता-चिल्लाता और अमावस की रात में उसका पीछा करता लेकिन वह बहुत तेज़ी से भूरी-जंगली बिल्ली की तरह छलाँग लगाते-लगाते सारी दीवारें तोड़ती, सरहद के उस पार भाग जाती और मैं बरामदे में पड़ी बैसाखियाँ समेटते-समेटते अपने बाल नोचने लगता।

लोग कहते-सुनते रहते। मैं गमले तोड़ता, फूल नोचता, किताबें फेंकता, नंग-धडंग नाचता, लड़ता-झगड़ता, तितलियाँ पकड़ता, बारूद बिछाता और आग लगाता-लगाता पागलखाने पहुँच जाता। महीनों तक डॉक्टर विद्याधर दिमाग ठीक करते मगर ऐसे दौरे पड़ते ही रहे। शायद सिर्फ़ कारण बदलते रहते। कभी कुछ...कभी कुछ।

समीक्षा पागलपन का पोस्ट...पोस्ट...पोस्टमार्टम करती रहती और मैं 'बोर्डरूम' में बैठे-बैठे एक भरी-पूरी और खेली-खाई औरत का 'कच्चा चिट्ठा' तैयार करते-करते सपनों की भाषा-परिभाषा में उलझ जाता। मैं अकसर चाय-कॉफी के साथ कभी सिगरेट, कभी सिगार और कभी पाइप पीते-पीते विरासत में मिले किसी पुराने 'प्लाट' पर 'मल्टि-स्टोरी' का नक्शा बनाने लगता। मालूम नहीं कितनी बार हवादार हवेली सा मन्दिर, किले-सी मस्जिद, शानदार कोठी-सा चर्च और एयरकंडिशंड बंगले-सा गुरुद्वारा बनाता-मिटाता रहा या हवेली को किले और कोठी को बंगले में अदलता-बदलता या खरीदता-बेचता रहा।

समीक्षा मिलती तो खेलकूद से लेकर दर्शनशास्त्र तक पर शास्त्रार्थ करने लगती और मैं किले-सी कोठी के 'ड्राइंगरूम' में सिगरेट सुलगाता

और लम्बा कश खींच धुआँ उँडेलते हुए मन-ही-मन आत्मसमर्पण कर सोचता–'छोड़ो! अभी बहस में पड़ूँगा तो सारा मामला और उलझ जाएगा!' लेकिन आहत और अपमानित इतना कि ठांऽय!...ठांऽय!! हवा में बन्दूक दागता रहता।

कभी वह समाजशास्त्र पढ़ाने-समझाने लगती और कभी भ्रूणहत्या से सती तक का इतिहास। बलात्कार-हत्या और आत्महत्याओं के आँकड़े बताते-गिनाते, उसका मुँह गुस्से में लाल हो जाता। मैं दो घूँट ले समझता–पागल है...पागल। जब देखो पता नहीं क्या-क्या पढ़ती-लिखती-बोलती रहती है।

सुलगती सिगरेट को ऐशट्रे में मसलता और उठकर घूमने-घुमाने चला जाता। घंटों गोल गुम्बद के नीचे बैठा-बैठा योजनाएँ बनाता-बिगाड़ता रहता। समीक्षा किताबों की धूल झाड़ती या फटी-पुरानी घुन लगी पोथियों पर नरम और चिकने चमड़े का 'कवर' चढ़ाती रहती। लौटने के बाद मैं पड़ोस में गीता और मनु के साथ उनके लॉन में बैठा शतरंज खेलता-खिलाता रहता।

समीक्षा एक दिन भी नहीं मिलती तो मैं बेचैन हो जाता। वह नहीं आती तो मैं उसके यहाँ जा पहुँचता। जब कभी नहीं मिलती और दरवाजे पर ताला लगा होता तो मैं आशंकित हो अन्दाज लगाता–सार्थक...समर्थ...प्रतीक...वैभव...मोहित। सब जगह चक्कर काटकर वापस आता तो वह बाहर सीढ़ियों पर बैठी 'वार अगेंस्ट विमेन' या भविष्य फल पढ़ रही होती। एक दूजे को देख, मेरी साँस में साँस आती और उसके साँवले चेहरे पर मोर नाचने लगते। ताला खोलने के लिए चाबियाँ ढूँढ़ते-ढूँढ़ते ध्यान आता–अरे! आज तो 'यहाँ' जाना था... आज तो 'वहाँ' जाना था! समीक्षा को देख मन कहता, 'नहीं...आज कहीं नहीं जाना था।' इसके बाद मुझे कुछ भी याद नहीं रहता या मैं खुद ही जान-बूझकर सब भूल जाता। कभी समीक्षा मुझे 'आत्महत्या के विरुद्ध' कविता जैसी लगती और कभी हत्या होने से बची कथा-नायिका-सी।

कई बार सोचा कह दूँ 'लेट अस गो टू द वर्ल्ड' लेकिन कभी अध्यादेश जारी करते पापा सामने आ खड़े होते और कभी डॉलर, पाउंड

या दीनार उछालती प्रतीक एंड कम्पनी। उस दिन समीक्षा का जन्मदिन था (पता नहीं कौन सा?) "समी...क्षा...आज मेरे साथ चलो ना! ...क्या हम लाइफ पार्टनर नहीं बन सकते?" सोचा एक बार 'हाँ' कह दे, फिर तो मैं देख लूँगा–अच्छी तरह।

समीक्षा ने गौर से सुना...थोड़ा सोचा और शब्दों को तौलते हुए बोली, "आज से तुम्हारा मतलब? ...मैं रोज किसी न किसी..."

मैं सकपकाया और "नो...प्लीज...नो" करता रहा।

कुछ क्षणों के बाद उसने कहा, "सॉरी डियर...मैं तुम्हारे साथ चलती...सात जन्म तक चलती...अगर तुमने 'आज' न कहा होता। तुम हमेशा 'पार्टनरशिप' की बात करते हो...बात। मुझे लगता है तुम्हें लाइफ पार्टनर नहीं 'स्लीपिंग पार्टर' चाहिए...स्लीपिंग पार्टनर...हर जगह स...ली...पिं...ग पार्ट...नर," उसने काँपती आवाज और भेदती नजर-से मेरी ओर घूरकर देखा तो मुझे ऐसा आभास हुआ जैसे लाल-पीली बत्तियाँ उसकी आँखों में जल-बुझ रही थीं। इससे पहले कि मैं कुछ कहता वह 'पोनी टेल' हिलाती हुई, सड़क के उस पार जा चुकी थी।

मैंने सोचा 'उसका पीछा करने या समझाने-बुझाने से कोई फायदा नहीं' और पंचर हुए पिछले पहिए को उतार 'स्टेपनी' बदलने लगा। कहना मुश्किल है, कब तक 'स्टेपनी' बदलता रहा...'स्टेपनी'। सुबह आँगन से सड़क तक–सिन्दूर, काँच की चूड़ियाँ, लाल-साड़ी, मंगल सूत्र और 'मार्निंग गिफ्ट' बिखरे पड़े थे।

और...शताब्दी अपनी रफ्तार से भागी जा रही थी।

(उद्‌भावना, 1996)

उसका जाना

"सम्भावना की स्मृति में रोज एक विमान उड़ान भरता और साँझ होते-होते दुर्घटनाग्रस्त हो जाता। उसकी आँखों में अकसर उड़ती-कटती पतंगे, चेहरे पर तैरते-डूबते सपने, हाथों में जलती धूप-अगरबत्ती और पीछे पीछे धुआँ उगलती चिमनियाँ ही चिमनियाँ नजर आतीं। 'क्लोज-अप' में कभी वह इन्द्रधनुष-सी साड़ी पहने, बरसाती में बैठी 'मेघदूत' के पन्ने पलटती दिखाई पड़ती और कभी सोचते-सोचते न जाने कब, कहाँ चली जाती। लौटती तो लगता सुबह हो गई।"

वर्षों बाद 'माई लाइफ एंड लव्ज' पर जमी धूल-मिट्टी झाड़ने-पौंछने के बाद उलटा-पलटा तो हलके हरे रंग के फटे-पुराने कागज पर लिखी यह अधूरी कहानी फिर मिल गई। देर गए तक कहानी के कौन, कब, कहाँ, कैसे और क्यों को ढूँढ़ता रहा। पुराने पन्नों और डायरियों को दीमक खा गए या चूहों ने कुतर-कुतर कर बरबाद कर दिया। टेलीफोन डायरेक्ट्री में इस नाम की एक भी 'एंट्री' नहीं और कंप्यूटर तक को कोई अता-पता नहीं मालूम। सारी रात सिगरेट सुलगाता-बुझाता रहा लेकिन सम्भावना का कोई सुराग नहीं मिला। राम जाने जिन्दा भी है

या...। सुबह तक ढेरों आशंकाओं का आतंक घेरने लगा। शादी से संन्यास और आत्महत्या से हत्या तक की शंकाओं और संदेहों ने सचमुच मुझे भीतर तक भयभीत कर दिया। दुर्घटनाओं के दुष्चक्र में हर सम्भव-असम्भव, होनी-अनहोनी की कल्पना में ही सिर चकरा गया। होश आया तो सामने 'आज की ताजा खबर' बिखरी पड़ी थी और मेज पर रखी चाय ठंडी हो गई थी। सिगरेट का एक लम्बा कश ले, चाय की घूँट भरते हुए ढूँढ़ता रहा—खबरों में सम्भावना या सम्भावना की कोई खबर।

चाय पीकर सिगरेट ऐशट्रे में बुझाई और उठने लगा तो गृहलक्ष्मी ने आकर खबर दी, "आज इसका (बिटिया का) रिक्शावाला नहीं आएगा, तुम जरा इसे स्कूल छोड़ आओ प...ली...ज।"

स्कूटर की चाबियाँ और चप्पल ढूँढ़ ही रहा था कि बस्ता उठाए बिटिया सामने आ खड़ी हुई। सीढ़ियाँ उतर स्कूटर स्टार्ट किया और बिटिया को स्कूल छोड़कर वापस आया तो पता लगा 'इसका फोन आया था, उसका फोन आया था...और पता नहीं किसका फोन आया था।' मैंने झल्लाते हुए मन-ही-मन कहा, 'आया होगा...मैं क्या करूँ?' एक गिलास पानी और एक कप चाय का ऑर्डर देकर अपनी कुर्सी पर जा बैठा। अचानक ऐसा लगा जैसे बाहर बहुत तेज बरसात हो रही है और मैं आँधी-बारिश से बचता-बचाता किसी होटल में बैठा प्रतीक्षा कर रहा हूँ—किसकी? डायरी उठाकर पढ़ने लगा। एक जगह लिखा था :

"भैया अब तक जिन्दा हूँ मैं—इन्द्रप्रस्थ में।
मगर बहुत शर्मिन्दा हूँ मैं—इन्द्रप्रस्थ में।"

आँखों में नींद और दिल में अजीब-सी बेचैनी महसूस हो रही थी। मेज पर चाय-पानी रखते हुए गृहलक्ष्मी ने पूछा, "ऑफिस नहीं जाना क्या?"

पानी का गिलास उठा मैंने कहा, "जाना क्यों नहीं," और गुस्सा पीते हुए बड़बड़ाया, "मेरा बस चले तो पता नहीं क्या कर दूँ।"

चाय पी भी नहीं थी कि टेलीफोन बजने लगा।

"हैलो...गुडमार्निंग सर...यस सर...सर...आ रहा हूँ सर!" कहकर के ही जान छूटी। और क्या करता? जल्दी-जल्दी नहा-धोकर तैयार हुआ। नाश्ता करके, लंच बॉक्स उठाया और "मैं जा रहा हूँ" कहकर घर से बाहर निकला। रास्ते भर ट्रेफिक जाम और मैं सोचता रहा 'कहानी उठा लाता तो अच्छा था।'

दफ्तर पहुँचा तो एक घंटा 'लेट'। डाक, बॉस, मीटिंग, फोन, फाइलें, फैक्स और टैक्स के झमेले निपटाते-निपटाते लंच हो गया। लंच में यूनियन, बोनस, प्रोमोशन और हड़ताल से होते हुए सिनेमा, सेक्स, सत्ता और 'ब्यूटी कंटैस्ट' पर बहस सुनने-सुनाने के बाद दुबारा अपनी टेबल पर। मन कर रहा है कि अमेरिकन लायब्रेरी चला जाऊँ और किसी कोने में कुछ देर सोऊँ। लेकिन शाम तक यह रिपोर्ट बनाना जरूरी है वरना चेयरमैन सबकी क्लास लगा लेगा।

एक ने कहा, "बनाओ बेटा! रिपोर्ट बनाओ।"

फौरन दूसरा तीर चला, "ओवरटाइम मिलेगा।"

मैं रिपोर्ट में सिर गड़ाए अपने-आप से कहता रहा, "यस सर।" बीच-बीच में कथा याद आती तो यह कहकर टालता कि अच्छा किया जो नायिका घर ही छोड़ आया।

रिपोर्ट पूरी करके दफ्तर से निकला तो लिफ्ट 'आऊट ऑव ऑर्डर।' सीढ़ियाँ उतर सड़क पर पहुँचा तो घुप्प अंधेरा और मारुति की छत पर ओस जमी थी। दसियों लाल बत्तियाँ पार करके घर पहुँचा। रास्ते में दो-तीन ने अँगूठा दिखाया मगर मैंने अनदेखा कर दिया। इतनी रात गए और करता भी क्या? कपड़े बदलकर हाथ-मुँह धोया, दो पैग उड़ेल खाना खाया और फिर टी.वी. में 'कुरुक्षेत्र' देखता रहा। बिस्तर पर लेटा तो ध्यान आया 'अरे! आज तो डिनर पर जाना था...ताज!.. ओफ्फ...' बत्ती बुझा सोने लगा तो रेशमी रजाई में से गृहलक्ष्मी गुर्राई, "सो जाओ...सुबह जल्दी उठना है...कल भी सारी रात प...ली...ज..."

मैंने झल्लाकर करवट बदली, अँधेरे में ध्यान लगा सुनता रहा टिक्क...टिक्क...टिक्क...काफी देर तक सन्नाटे में सिर्फ सीटियाँ बजती रहीं और जंगली कुत्ते भौंकते रहे।

नींद में सपना और सपने में एक तरफ दूर तक फैला रेगिस्तान और दूसरी तरफ समुद्र ही समुद्र। रेत के ढेर में रोता हूँ, चीखता हूँ, चिल्लाता हूँ और जितना बाहर निकलने की कोशिश करता हूँ उतना ही धँसता चला जाता हूँ। कुछ देर बाद अचानक न जाने कहाँ से कुछ स्त्री-पुरुष आकर मेरे चारों ओर नाचने-गाने लगते हैं। मैं दोनों हाथों से पानी निकालते-निकालते महसूस करता हूँ कि मेरे चारों तरफ पानी-ही-पानी है और मैं डूब रहा हूँ। आँख खुली तो मेरे सामने मछलियों की बहुत-सी टोकरियाँ पड़ी थीं और मेरी मुट्ठी में पता नहीं रेत थी, राख थी या मरी हुई मछली।

हड़बड़ाहट में उठा तो टेलीफोन की घंटी बज रही थी। 'हैलो... हैलो...हैलो...पता नहीं किसका फोन था। आवाज ही नहीं आ रही थी।' बाथरूम से लौटा तो मेज पर चाय रखकर गृहलक्ष्मी वापस रसोई में जा चुकी थी। चाय की घूँट भरकर थोड़ा तेज आवाज में पूछा, "अखबार कहाँ गए आज के?" तो जवाब मिला, "आए नहीं...शायद अखबार वालों की हड़ताल है!"

सिगरेट सुलगाकर सोचने लगा...सोचता रहा। कह नहीं सकता क्या-क्या! कई दिनों से सोच रहा हूँ—अपनी वसीयत लिखूँ और वसीयत में लिखूँ कि मरने के बाद मेरी 'डेड बॉडी' किसी अस्पताल को दे दी जाए। कफन, दफन, अर्थी, कन्धे, श्राद्ध...कौन करेगा? बहस करता है कोई मुझे, "अभी तुम्हारी उम्र ही क्या है? चालीस! ऐसी ऊल-जलूल-फिजूल बातें क्यों सोचते हो?" मैं कहता हूँ, बार-बार कहता हूँ। शायद हजार बार कह चुका हूँ—"मुझे अब मरने से नहीं, जीने से डर लगता है।" जानना चाहते हो क्यों?...अभी समय नहीं है तुम्हारे पास तो कोई बात नहीं। फिर कभी सही। लेकिन सुनो! अगर मैं बिना वसीयत लिखे ही मर जाऊँ.. .हार्ट अटैक या सड़क दुर्घटना में तो इसे ही मेरी अन्तिम इच्छा या वसीयत समझना। मैं जानता हूँ कि कोई नहीं मानेगा। कोई नहीं समझेगा। इसीलिए तो कई दिनों से सोच रहा हूँ—अपनी वसीयत लिखूँ और...

सोचते-सोचते ऐसा आभास हुआ कि मृत्यु मेरे सामने खड़ी है और

कह रही है कि 'तुम्हारे पास सिर्फ पाँच मिनट का समय है, किसी को कुछ कहना-सुनना हो तो कह-सुन सकते हो। हाँ! जल्दी प...ली...ज।' मैं बिना कुछ सोचे-समझे कहता हूँ, "नहीं! मुझे किसी से कुछ नहीं कहना...सम्भावना से भी नहीं। चलो मैं तुम्हारे साथ चलता हूँ।"

(सबरंग जनसत्ता, 1997)

अनुवाद

दफ्तर लौटा तो 'आंसरिंग मशीन' बोली, 'प्लीज कांटेक्ट संकट लाल... फौरन।' फोन मिलाया। घंटी बजती रही। मोबाइल पर डायल किया।

संकट गुर्राया, "तुम रखो मैं अभी मिलाता हूँ।"

सिगरेट सुलगाई ही थी कि टर्न...टर्न...होने लगी। हैलो...हैलो के बाद रहस्यमय स्वर में संकट ने कहा, "यार तुझे एक बात बताऊँ?"

मैंने थोड़ी लापरवाही से कहा, "हाँ! बताओ।" और मन ही मन सोचा, पता नहीं क्या बताएगा? सब जानते हैं कि संकट लाल जी रोते से जाएँगे और मरों की खबर लाएँगे। चिट्ठी देकर भेजो तो नायिका की मम्मी को देकर चले आएँगे—हँसते-हँसते।

वह बोला, "अरे! वो जो दो चोटियों में सफेद रिबन वाली, 'बॉबी' सी एक लड़की हमारे साथ पढ़ती थी ना...भई! वही...छवि...'मैं तुमसे मिलने आई, मन्दिर जाने के बहाने' गाने की तरह तुमसे मिला करती थी...याद आ गई या कुछ और बकना पड़ेगा?"

मैंने लम्बा कश लेकर कहा, "हाँ! हाँ!! मगर हुआ क्या?"

आँखों में पच्चीस साल पीछे छूटा कस्बा और कॉलेज की स्टाफ

कॉलोनी घूमने लगी। कॉलेज कैम्पस क्या पूरा विश्वविद्यालय ही था। नर्सरी स्कूल से इंजीनियरिंग कॉलेज तक। बैंक, डाकघर, हॉस्टल, हॉकी-फुटबॉल-क्रिकेट ग्राउंड, स्टेडियम, ऑडिटोरियम, ट्यूबवैल, बाग-बगीचे और मीलों लम्बी सड़क। मेन गेट से निकलते ही रेलवे स्टेशन पर 'चाय गर्म'...'पूरी गर्म'! सुबह हजारों लोग कस्बे से शहर जाते और शाम को लौट आते। ऐसे ही एक दिन मैं भी कस्बा छोड़, राजधानी भाग आया था। सोचा था लौट जाऊँगा लेकिन वो शाम कभी नहीं आई।

सिगरेट बुझाते-बुझाते लगा, 'अब वहाँ है भी कौन? क्या? कस्बा... केवल स्मृतियों में ही आबाद है!'

कस्बे की इस 'हवाई-यात्रा' के दौरान संकट का फोन पर सन्देशा— "मैं आ रहा हूँ" के अलावा कुछ भी तो याद नहीं। मैंने सोचा, बहुत सोचा, मगर समझ में कुछ भी नहीं आया। पीछे मुड़कर देखा तो आँख भर आई। स्कूल, कॉलेज, जलसे, जुलूस, प्रदर्शन, घेराव, हड़ताल, पथराव, लाठी-गोली-आँसूगैस, जलती बसें, ध्वस्त गाड़ियाँ, खंडहर, आग में जलकर राख हुआ ऑडिटोरियम, छात्र-शिक्षक-मजदूर आन्दोलन, भयंकर असन्तोष, हिंसा, आगजनी, लूटपाट, छावनी में बदलते कॉलेज और 'मुठभेड़' का आतंक। लगता है जैसे कल ही की तो बात है। मगर जमाना बीत गया।

मैंने सोचा और पानी का गिलास उठा गट्ट...गट्ट...पी गया।

सच तो यह है कि मैं और संकट लाल यानी हम दोनों और वो सफेद रिबन वाली भी एक ऐसे प्रदेश के हैं, जहाँ सिर्फ 'डेढ़ आदमी' पढ़े-लिखे हैं। होने को संकट के पिता डॉक्टर और मेरे दर्शन-शास्त्र के प्राध्यापक लेकिन पूरे प्रदेश में पढ़े-लिखे तो 'डेढ़ लाल' ही माने जाते हैं। हालाँकि कस्बा, प्रदेश की राजनीतिक ही नहीं सांस्कृतिक राजधानी भी माना जाता था, परन्तु 'यौन-क्रान्ति' की खबर तो उस समय यहाँ तक पहुँची ही नहीं थी। हाँ! गली-गली में कुछ 'हीरो' साइकिल चलाते हुए जरूर गाने लगे थे—'हम तुम एक कमरे में बन्द हों और...' मगर गाना सुन अगर स्कर्ट पहने कोई 'छोरी' बाजार में से गुजरती तो सारे शहर में सायरन बजने लगते थे।

ऐसे समय की प्रेम कथा में न 'सेक्स और हिंसा' का कोई स्कोप है और न किसी 'अमर प्रेम' की सम्भावना। हीरोइन छोटे से कस्बे की सुन्दर और सुशील कन्या है। हाथ लगाते ही मैली हो जाएगी। दिन-रात, चौबीस घंटे 'चैस्टिटी बेल्ट' पहने रहती है। घर से बाहर निकलते ही उँगली पकड़ 'कमांडो' साथ हो लेता है। नींद में सारी रात भले ही, सपनों के राजकुमार के साथ 'रोज गार्डन' घूमती रहे या 'मॉडल टाऊन' में पीपल के पेड़ तले बैठ बसाती रहे घर-गृहस्थी। यह एक 'बोल्ड एंड ब्यूटीफुल' लड़की का 'कथादेश' भले ही न हो, मगर एक कमजोर लड़की कहानी भी नहीं है।

कस्बे की लड़की भी क्या करे? छोटे से कस्बे में बीसियों स्कूल-कॉलेज और सात-सात सिनेमा घर परन्तु मेडिकल और बी.एड. कॉलेजों के अलावा सह-शिक्षा कहीं नहीं। फिल्म देखने का शौक हो तो 'जय सन्तोषी माता' लगी है। हाऊस फुल...। लड़के-लड़कियों के सब स्कूल-कॉलेज अलग-अलग। सरकारी हो या गैर-सरकारी। यही नहीं, बनियों, ब्राह्मणों, जाटों, जैनियों और सैन्नियों से लेकर आर्यसमाजियों तक के अलग-अलग स्कूल, कॉलेज। जाटों के स्कूल या कॉलेज में आचार्य से प्रधानाचार्य तक अधिकाँश जाट, ब्राह्मणों के यहाँ ब्राह्मण, बनियों के यहाँ बनिये और जैनियों के यहाँ जैन। लड़कों के स्कूल-कॉलेज कस्बे से थोड़ा बाहर मगर लड़कियाँ इतनी दूर कैसे जाएँगी? कुछ उल्टा-सीधा हो गया तो? नहीं...नहीं...लड़कियों के स्कूल- कॉलेज कस्बे के मुख्य बाजारों के बीच, मेन रोड पर ही रहेंगे और हर दुर्ग द्वार पर बड़ी-बड़ी मूँछों वाले प्रहरी। प्रायः सभी 'गुरुकुलों' के 'परधान जी' अँगूठा टेक और मंत्री कोई मास्टर जी या वकील साब। प्रबन्ध कमेटी में नत्थू पंसारी, काली चरण हलवाई, मंगत सुनार से लेकर लाला लखमी चंद तक, चरित्र निर्माण और ब्रह्मचर्य पर विचार-विमर्श करते रहते हैं। ब्राह्मणों, बनियों या जैनियों के 'सरस्वती मन्दिरों' में हरिजनों या पिछड़ों का क्या काम? कभी स्कूल-कॉलेज के प्राँगण में बैलों की जोड़ियाँ घूमती दिखाई देतीं और कभी दीपक जगमगाने लगते। कभी क्रिकेट ग्राउंड में खाकी निक्करों का ढेर लगा होता और कभी सफेद टोपियों का। बाद

में तो खैर आकाशवाणी केन्द्र से लेकर विश्वविद्यालय तक की स्थापना हुई और प्रदेश के एक पढ़े-लिखे 'लाल' को कुलपति बनाया गया। धर्म, जाति, सम्प्रदाय और लिंग के आधार पर, न जाने कितने स्तरों पर विभाजित है छोटा-सा कस्बा।

खैर...इससे पहले कि जनाब संकट लाल जी पधारें, मैंने अपनी कंप्यूटर ऑपरेटर की छुट्टी कर दी। बेसिर-पैर के सवालों का कौन जवाब देगा? स्कूल के दिनों से अब तक संकट लाल हमेशा ऐसे ही परेशान करता रहा है। बिना शपथ उठाए भी 'जो कहूँगा सच कहूँगा। सच के सिवा कुछ नहीं कहूँगा।' उससे पूछो—दारू पी? जवाब—हाँ जी! मुर्गा खाया? हाँ जी! जुआ खेला? हाँ जी! कोठे गया? ...हाँ जी! ... हाँ जी! ...हाँ जी! दिल-दिमाग से साफ मगर यारों का यार है—संकट लाल।

शादी के बाद नौवें महीने आकांक्षा हुई तो अपंग। बहन, डॉक्टरनी ने कहा, "सूई लगा देती हूँ। क्या करेगा ऐसी अपंग बेटी का?"

भाई धीरे से बोला, "हाँ! लगा सकती हो तो लगा दो।" और लगा अपनी चप्पल ढूँढ़ने।

पूछा कि कहाँ जा रहे हो तो कहने लगा। "थाने...रिपोर्ट लिखवाने!"

संकट की अनन्त गौरव गाथाएँ हैं और दोस्ती के ढेरों किस्से। वो सब फिर कभी। वरना आप कहेंगे—'इधर-उधर भटक-भटका रहा है।' चलते-चलते इतना और बता दूँ कि सारी मुसीबतों की शुरुआत का कारण होता था संकट लाल और जब पेशी होती तो हर बार खुद 'वायदा माफ गवाह' बन जाता था।

दफ्तर में ही दस बज गए और संकट लाल का कुछ अता-पता ही नहीं चल रहा। हो सकता है पीने बैठ गया हो और जनता क्लब में ललिता, ममता, समता, सुषमा या मोनिका का भूत-भविष्य बता रहा हो। मुझे लगा कि वह अब नहीं आएगा। मैं घर के लिए चल पड़ा। रास्ते भर मेरे दिमाग में संकट, दो चोटियों में सफेद रिबन बाँधे उछल-कूद मचाता, गाता रहा—

"छैल रंग डार गयौ री मेरो बीर।
भीज गयौ मेरा अतलस लहँगा, हरित कुंचुक चीर।
घालत कुंकुम डार कुचन पर, ऐसौ निपट बेपीर॥"

मैं सचमुच नहीं जानता कि ऐसा क्यों और कैसे हुआ? लाल बत्ती पर महसूस हुआ कि खद्दर का सफेद कुर्ता, चूड़ीदार पायजामा और काली अचकन पहने कुछ आदमी पूछ रहे थे 'रेसकोर्स' का रास्ता। फिर अचानक ध्यान आया कि छवि कहा करती थी, "मेरे महबूब कहीं और मिला कर मुझसे। यहाँ दरख्तों के साए में धूप लगती है।"

मैं मन-ही-मन हँसता रहा। बहुत देर तक हँसता रहा।

चुपके से एक शरारती सहेली ने चुटकी ली, "लव लैटर्स और स्पेलिंग मिस्टेक वाली बात भूल गए?"

मैंने कहा, "नहीं, नहीं...याद है। अच्छी तरह याद है कि हर बार संकट समझाता था–प्यार में 'स्पेलिंग मिस्टेक' नहीं देखी जाती–पगले!"

उन दिनों मैं कॉलेज में पढ़ता था। अन्तिम वर्ष में। 'युवा महोत्सव' में गया हुआ था। मैं वाद-विवाद प्रतियोगिता में भाग लेने आया था और छवि 'आषाढ़ का एक दिन' देखने। मंच से इनाम लेकर बाहर आया तो छवि, छाया की तरह पीछे-पीछे। छवि ने मेरी सिगरेट छीन एक तरफ फेंक दी और गले में लटके स्वर्ण पदक को चूमते हुए कहा, "मुबारक हो!" मैं हैरान। 'मिल्की ह्वाइट गर्ल' सामने खड़ी मुस्कुरा रही थी।

तभी संकट आ गले लिपट गया और बोला, "भई! मैडल भी मुबारक हो और जन्मदिन भी। मगर कमीज पर लगी इस 'लिपस्टिक' का क्या होगा?"

मृगनयनी ने एक बार संकट की तरफ देखा और फिर मेरी तरफ ठुनकते हुए कहने लगी, "आई एम सॉरी...मगर तुमने बताया क्यों नहीं?"

मैंने कहा, "क्या बताता?"

'फेयर एंड लवली गर्ल' थोड़ा गम्भीर हो बोली, "चलो कोई बात नहीं 'गिफ्ट' उधार रहा।"

उसके बाद मैं और छवि अकसर जब कैंटीन के कोने में बैठे चाय

पीते रहते तो संकट चुपचाप 'लव गेम' देखता रहता। दोस्त जब कभी संकट से 'पत्ता मांग' खेलने को कहते तो संकट जवाब देता, "नो, नो... आई प्ले फॉर लव।" दरअसल संकट बेहतरीन 'विकेट कीपर' था।

कभी-कभार छोटी-सी मुलाकात हो जाती—कभी संकट के घर और कभी किसी सुनसान गली के मोड़ पर। छवि संकट की बहन काजल की सहेली बन गई थी इसलिए अकसर मेरे पहुँचने से पहले ही वह वहाँ प्रतीक्षा कर रही होती। बहानों की कोई कमी नहीं थी। एकाध बार किसी और सहेली (अभिलाषा) को लेकर वह मेरे घर भी आई थी—शायद कोई किताब लेने। उन दिनों उस पर विदुषी बनने का भूत सवार था। देखते-देखते सारा समय परीक्षाओं के बुखार में ही गुजर गया। रिजल्ट आने के बाद मैं, कस्बे से राजधानी भाग आया। पिता चाहते थे कि 'अर्थशास्त्र' पढ़े लेकिन मैं 'संविधान' पढ़ना चाहता था। संविधान।

दिन में नौकरी की तलाश गें भटकता और शाम को पढ़ने जाता। रात को कमरे में आ खुद खाना बनाता, कुछ देर पढ़ता-लिखता और थक-हारकर सो जाता। वो सचमुच बहुत गर्दिश के दिन थे। महीनों घर नहीं गया। नौकरी मिली नहीं। ऊपर से आपातकाल शुरू होते ही सम्पूर्ण क्रान्ति की सारी योजनाएँ स्थगित। एक-एक दिन जीना मुश्किल। मैं न किसी की हत्या कर सकता था और न आत्महत्या। अजीब-सी मानसिक स्थिति थी। सारा आक्रोश, अँधेरे में अकेले या आदर्श और सिद्धान्त के साथ घूमने, बीड़ी पीने, हवा में टोपीवालों को गालियाँ बकने, बौद्धिक बहस करने या किताबी कानून चाटने में निकलता...जीने की ज़िद में अपने आप से बॉक्सिंग करता और जान-बूझकर सबसे नाराज...जला-कटा-सा घूमता रहता। रिंग रोड से रिंग रोड तक। कभी भीतरी घेरे में और कभी बाहरी घेरे में।

इस बीच छवि की कई चिट्ठियाँ आईं। हर बार 'विद ग्रेट लव-यूअर्ज़ ओनली' के साथ चेतावनी 'तुम मेरे पास बिलकुल भी चिट्ठी मत डालना, नहीं तो मैं बिलकुल ही मर जाऊँगी, या मार दी जाऊँगी। 'तुम पता नहीं अब मुझे कब मिलोगे?' पढ़कर, परेशान होता

और न मालूम क्या-क्या सोचता रहता। हाँ! कुछ महीने बाद आखिरी खत में लिखा था, "मैंने तुम्हारे और अपने लिए न जाने क्या-क्या सोचा था लेकिन सब कुछ एक हवा के झोंके की तरह उड़ गया।" अन्त में "सचमुच तुम एक दिन बहुत बड़े आदमी बनोगे लेकिन उस एक दिन को कौन जानता है। तुम्हारे बड़े बनने के लिए अगर भगवान ने चाहा तो शायद मेरी शुभकामनाएँ सदा तुम्हारे ही साथ होंगी।" अन्तर्देशीय पत्र के एक कोने में छोटे-छोटे अक्षरों में रेखांकित करके लिखा था 'गिफ्ट उधार है'।

अगर-मगर पढ़कर मैंने अनुमान लगाया, लगता है हो गई 'कुड़माई' (सगाई)। मैं 'ड्रीमहोल' ढूँढ़ता रहा और स्टोव पर रखी खिचड़ी जलकर कोयला हो गई। उठा तो दो गिलास टूट गए और तीन कपों के कान कोने में पड़े थे। मटका उठा पानी भरने लगा तो हाथ से फिसल गया... चलो! इसकी उतनी ही उम्र थी।

मैं अकसर झल्लाते हुए कहा करता था, "हमें नहीं बनना बड़ा आदमी...बन भी नहीं सकते...डी.सी. बनने के चक्कर में एल.डी.सी. भी नहीं बन पाएँगे...हाँऽऽऽ।" इसके कुछ दिन बाद दोस्तों ने मजाक उड़ाते हुए कहा 'सारी खबरें सच हैं।' नौकरी, महानगर और देस-परदेस की भागदौड़ में रोज नया हादसा। क्या भूलता, क्या याद करता।

अब तो इतना ही याद है या शेष सब भूल गया हूँ कि एक शाम 'टैलेक्स' पर संकट लाल ने समाचार भेजा था 'बहन को ब्लड कैंसर। स्टॉप। फौरन भारत आओ...स्टॉप।' उसी रात ब्रिटिश एअरवेज से राजधानी और सुबह राजधानी से कस्बे के अस्पताल पहुँचा था। अन्दर तक किसी अनहोनी से आतंकित। दो महीने घर से अस्पताल और अस्पताल से घर...कभी खून चढ़ेगा और कभी 'रेडियोथरेपी'। देशी-विदेशी सब दवाइयाँ बेकार। पहली बार जाना कि कितना भयावह है मौत का इन्तजार। उन दिनों बहुत हँसता-मुस्कुराता और मजाक में छेड़छाड़ करता रहता था। हँसता रहता कि कहीं रो न पड़ूँ।

मैंने उस साल की डायरी में कहीं लिखा था : "आज दोपहर अस्पताल से घर लौटते हुए, रास्ते में छवि मिल गई। दो चोटियों की

जगह जूड़ा था और खरगोश के कानों जैसे सफेद रिबन गायब। लाल पल्लू की सफेद साड़ी, माँग में गहरा सिन्दूर, गले में मंगलसूत्र और होंठों पर 'डीप, डार्क एंड डेंजरस मैरून' लिपस्टिक। गोदी में साल भर का प्यारा सा बच्चा था। बढ़ी हुई दाढ़ी और चश्मे के बावजूद उसने भी मुझे पहचान लिया था।"

सड़क पर एक तरफ छाँव में खड़े हो, उसने सबसे पहले पूछा 'सिस्टर कैसी है?' मैंने कहा, "ठीक ही है।" उसने फिर सवाल किया, "और तुम?"

मैंने दोहरा दिया, "मैं भी।"

कुछ देर बाद, मैंने सन्नाटा तोड़ते हुए कहा, "बेटा है ना!...कब हुआ?"

वह बोली, "पिछले साल...पच्चीस दिसम्बर को यह एक साल का हो जाएगा और...।"

मैं एकदम हैरान...परेशान। मगर फिर भी बच्चे के गाल थपथपाता पूछ ही बैठा, "क्या नाम है—हीरो का?"

उसने सिर उठा मेरी ओर देखा, निचला होंठ दाँतों में दबाया और फिर गरदन घुमाकर धीरे से बोली, "हमनाम है तुम्हारा।"

मैंने चश्मा उतार, आँखें पोंछने के बाद देखा तो वह बराबर की मन्दिरवाली गली के उस पार जा रही थी।

सुबह फोन उठाते हुए डर-सा लगा—कहीं संकट का ही न हो।

"हैल्लो! हैल्लो!!" के बाद संकट ने ऊँघते हुए शुरू किया,"सॉरी यार! रात कहीं फँस गया था। सुनो! वो मेरे बगल वाली सोसायटी में रहती है। अभी कुछ दिन पहले 'फायर' फिल्म देखते हुए मिल गई। पहचान लिया उसने। बहुत देर तक पूछताछ करती रही और फिर लगी तुम्हारा इतिहास पढ़ाने। अभी खरीदा है फ्लैट। पति अब ठेकेदारी करता है। पहले प्रॉपर्टी डीलर था शायद। एक बेटा और दो बेटियाँ हैं। बेटियाँ बी.ए. में पढ़ रही हैं। खुद किसी स्कूल में अंग्रेजी पढ़ाती है। भैया! पार्टी-वार्टी दो तो बात करवाऊँ।"

मैं चुपचाप सुनता, सोचता और सिगरेट फूँकता रहा। मेरे कुछ

कहने से पहले ही संकट ने कहा, "अच्छा...एक मिनट...बात करो।"

मैंने कुछ देर बाद 'हैल्लो! हैल्लो!!' किया तो एकदम अनजानी-सी आवाज में किसी ने कहा, "नहीं पहचाना ना! कैसे पहचानोगे? बहुत समय हो गया है। खैर...मैं छवि...तुम्हें लगातार पढ़ती-सुनती रही हूँ...लिखा-अनलिखा, कहा-अनकहा एक-एक शब्द...पूरी किताब कई बार पढ़ चुकी हूँ। चाहती हूँ कि अनुवाद करूँ।"

मैंने कहना चाहा 'पगली कहीं की' मगर चुप रहा। फिर उसने कहा था, "मुझे विश्वास था कि सचमुच एक दिन तुम..."

और मैं सिर्फ 'लेकिन...' कहकर खामोश हो गया। फोन रखने के बहुत देर बाद तक सफेद रिबन, रजनीगंधा से महकते रहे। और मैं सोचता रहा, ऐसे मूल जीवन का, पता नहीं अनुवाद कैसा होगा?

बुलेट-प्रूफ

'ब्यूटी क्लीनिक' से घर आते-आते मिस मर्यादा उर्फ 'ब्यूटी विद द ब्रेन' को अचानक ऐसा लगने लगा कि वह जादू की देह है और देह के जादू से, मिट्टी को सोने में बदल सकती है।

'बर्थडे-सूट' में झूला झूलते-झूलते, दिगम्बरा की खरगोश सी मासूम आँखों में 'ग्लोब' घूमने लगा और वह लाखों डॉलर के हीरों की 'ब्रा' पहनने जा पहुँची– लन्दन-पेरिस-रोम।

होश आया तो फैशन शो कब का खतम हो चुका था।

न मालूम कब तक, वह कभी 'नाइटक्रीम' कभी 'मिडनाइटक्रीम और कभी 'ड्रीमक्रीम' लगाती रही। सारी रात सपने से समय में 'ब्यूटी ब्रिगेड' चीखती-पुकारती रही–'सेट द नाईट ऑन फायर।' फायर!.., फायर!! प...ली...ज।

सुबह उठी तो ड्रेसिंग टेबल के सामने, प्रतिमा बिन्दी-लिपस्टिक पोत रही थी। प्रेरणा ने उछलते हुए कहा, 'मिस ब्यूटीफुल हेयर का टाइटल मिलने के बाद, बस मेरे बाला के ही चर्चे हैं।' चारों तरफ दीवार पर महकती चम्पा-चमेली, रंग-बिरंगी तितलियाँ और कस्तूरी बिखेरती

हिरणियाँ ही हिरणियाँ नजर आ रही थीं। कोने में पड़े सोफे पर कृति-आकृति अँगड़ाई ले रही थी और मेज पर बेतरतीब रखे छायाचित्रों में 'ग्लैमर गर्ल्स' होली खेल रही थीं। खिड़की में 'ब्लैक-कैट' समाधि लगाए बैठी थी और सामने कैलेंडर में दूध पीते बच्चे गु...ड...मो...र्निं...ग कर रहे थे। जादू की देह गुलाबी गाऊन पहन, बिस्तर से बाहर निकली और गुडमार्निंग...गुडमार्निंग...टिलमार्निंग कहती हुई रसोई में घुस गई।

कुछ देर बाद गिलास में नींबू की चाय लेकर आई, सिगरेट सुलगाई और कुर्सी पर पाँत्र पसार, 'सिल्वर प्लेटिड ऐशट्रे' में से उठते हुए धुएँ के बादल देखने लगी। चाय खत्म कर अखबार उठाए और बाथरूम की तरफ जाने लगी तो फोन की घंटी बजनी शुरू हो गई। उसने फटाफट फोन उठाया, "हैलो...गुडमार्निंग सर!...जी...नहीं...दरअसल पापा मम्मी आए हुए हैं। उन्हीं के साथ कहीं जाना है। नो सर नो...नॉट पोसिबल सर!" कहा और रख दिया। आतंकित-सी मर्यादा ने कमरे की चिटकनी चैक की और बड़बड़ाने लगी, "ये ससुरा 'बॉस' भी जब देखो दूसरी दुल्हन की खोज में लगा रहता है। हर संडे फोन...क्या कर रही हो? मैं सोच रहा था, खाली हो तो हमारे साथ लंच करो। कौन जाएगा लंगूर के साथ 'लंच' करने?"

"बाथरूम में बैठी-बैठी राम जाने 'सूटेबल ब्वॉय' ढूँढ़ रही है या 'पेइंग गेस्ट'?" कृति बड़बड़ाई।

आकृति बोली, "अनलिमिटेड 'फैन्टैसीज' में खो गई होगी।"

प्रेरणा ने बालों में से जूँ पकड़ते हुएं कहा, "आजकल न जाने क्या-क्या सोचती रहती है—ऊल, जलूल, फिजूल। घंटों चाय, सिगरेट, अखबार, फोन, फैक्स और इंटरनेट में उलझी रहती है।"

बीच में टपकते हुए प्रतिमा भी बोलने लगी, "कागज पर लिख-लिखकर, अपने को आप समझती-समझाती रहती है—बी कूल, एक्ट बोल्ड, लुक सेक्सी।"

इतने में 'कोल्ड एंड बोल्ड' लड़की चीखी, 'आई डोंट वांट टू लुक मेडअप जस्ट ब्यूटीफुल।' और बुरी तरह झल्लाते हुए चिकने-रंगीन

कागज फाड़कर, रद्दी की टोकरी में डाल गाऊन से ही हाथ पोंछ लिए।

'नैचुरल ब्यूटी' काफी देर तक एक पत्रिका के आवरण पृष्ठ पर छपी कलाकृति को देखती रही, जिसमें दो बुर्के और एक घुँघट वाली औरतें, सामने दीवार में टंगी 'न्यूड पेंटिंग' को बड़े गौर से देख रही हैं। देह ने हड़बड़ा कर, कई बार छू-छू कर देखा कि गाऊन पहन रखा है या नहीं। उसे फिर से महसूस हुआ कि यह पारदर्शी गाऊन, बिकनी या बुर्के में भी जादू की देह है और देह के जादू से मिट्टी को सोने में बदल सकती है। 'देखो...देखो...तुम भी देखो, कितनी गौर से देख रही हो ना! बुर्का उतारकर देखो, बेगम!...घूँघट खोल कर देखो, रानी साहिबा!...जादू की देह और देह का जादू।' कन्या ने मन ही मन में कहा और कहते-कहते कैनवस के उस पार गायब हो गई। कुर्सी की पीठ पर लटका गाऊन, गुलाबी पंखुड़ियों की तरह हवा में फड़फड़ाता रहा। अँधेरे बन्द कमरे में ऐसा लग रहा है जैसे हर व्यक्ति/वस्तु 'फ्रीज' हो गई हो। घड़ी की टिक्क...टिक्क...भी सुनाई नहीं दे रही। जैसे घड़ी नहीं, महीनों से समय ठहरा हो।

बहुत देर तक सन्नाटा रहा। फिर मध्यम स्वर में आह!...ऊह!... उफ्फ...! के बाद, हा-हा, हू-हू होती रही। धीरे-धीरे आवाजें, गालियों में बदलती चली गईं। बेशर्म...बेहया...हरामजादी...छिनाल...कुतिया... चुड़ैल...भूतनी! सुनते-सुनते गालियों की भाषा भी बदलने लगी। हिन्दी और संस्कृत के 'श्लोक' कभी अंग्रेजी में अनुवाद होने लगते और कभी फ्रैंच या जर्मन में। बीच-बीच में लगता जैसे सीमा के उस ओर, कोई उर्दू, अरबी या फारसी में चीख-चिल्ला रही है। पर्दा हटा तो मर्यादा एंड कम्पनी के चाकलेटी चेहरों पर इन्द्रधनुष बिखरा था।

राष्ट्रीय विचार-विमर्श के बाद 'म्यूजिकल डॉल' सी मर्यादा, नहाने के लिए राजी हुई तो बहुत सी परकटी सुन्दरियाँ, तरह-तरह के सौन्दर्यवर्धक साबुन और शैम्पू लिए तैयार खड़ी थीं। समझ ही नहीं आ रहा 'रेशम-सी मासूम त्वचा के लिए' किसकी सलाह मानी जाए! जैसे-तैसे नहा-धोकर बाहर आई तो याद आया 'निर्मल, कोमल, सुरक्षित अहसास' तो आज भी नहीं हुआ। 'स्कर्ट और कट स्लीव्ज कैसे

पहनूँगी?' गुड़िया ने हाथ हिला संगीतमय स्वर में कहा, "चलो छोड़ो... कल देखेंगे।" इतना कह 'केयर-फ्री गर्ल' अन्तर्वस्त्र ढूँढ़ने लगी। घंटा भर तो इसी में लग गया। कभी 'कप' ठीक तो कभी साइज 'लूज' और कभी साइज ठीक तो कॅप लूज या टाइट। मन में आया कि 'स्कॉच' या 'ह्विस्की' छिड़क कर आग लगा दे लेकिन फिर सोचा 'ब्रॉ बर्निंग' से क्या फायदा? इस बीच लड़की ने समझदारी से खुद फैसला किया–।'' अगली बार बाजार जाऊँगी, 'बुलेट-प्रूफ' लाऊँगी। अपने मन माफिक... तन माफिक। 'लवेबल', 'वांडर' या 'सिल्क लाइन' से काम नहीं चलेगा।

कृति ने सवाल उठाया, "पता भी है कहाँ मिलती है 'बुलेट-प्रूफ?' जब देखो तब कल्पना लोक में ही विचरती रहती हो। जमीन पर तो पाँव ही नहीं टिकता।"

'सिस्टर हुक' बन्द करने लगी तो किसी मनचली मॉडल ने कान में बताया 'ड्रीम-फ्लावर लोशन–ऐसी कोमलता कि छुए बिना रहा न जाए।' सुनते ही नायिका के मुँह से निकला, "रहने दो मेरी 'मम्मी'... तुम ही जगाओ अंग-अंग में कोमलता। मैं अभी बहुत जल्दी में हूँ। भावना के यहाँ लंच और फिर शॉपिंग पर जाना है। कहीं दुल्हन की खोज में 'बॉस' यहाँ आ गए तो सारी पोल खुल जाएगी। जूडो-कराटे और टैनिस तो आज भी नहीं जा पाऊँगी। मैं तुम्हारे जाल में फँसने वाली मछली नहीं।"

पैंट, शर्ट और जूते ढूँढ़ ही रही थी कि शकुंतला की मम्मी मेनका और साथ में सहेली उर्वशी ने आ घेरा। दुनियाभर में धुआँ बेचती अप्सराओं सी 'सेल्स गर्ल्स' ने फुटबॉल उछालते हुए इशारे से कहा, "खाली बोतल में क्या शहद ढूँढ़ रही हो?"

पलक झपकते ही श्री देवियाँ अन्तर्ध्यान हो गईं। हीरोइन ने इत्र सूँघते हुए 'ओब्सैशन' की शीशी फर्श पर पटक, 'जॉय' की मोहक सुगन्ध की तरफ हाथ बढ़ाया तो 'लिप्स' से 'हिप्स' तक तराशी संगमरमर-सी मूर्ति, सिर पर चढ़कर कैबरे करने लगी। ऐसा महसूस हुआ जैसे उसकी कनपटी पर रिवॉल्वर रखा है और वह किसी पैराशूट

से उतर रही है। पसीने से तरबतर जादुई देह को पौंछते हुए, रिमोट दबा चैनल बदलने की कितनी कोशिश की, मगर हर बार आनंद की बेटियाँ हाथ पकड़ लेतीं। छोड़तीं ही नहीं। न जाने कब से कब तक अवचेतन में स्वप्न-सुन्दरियाँ बर्फीले पहाड़ी जंगलों में खेलती रहीं, कभी आग से और कभी बर्फ से। उसने सोचा, 'एक के बाद एक खूबसूरत और कलात्मक अनुरोध। कभी 'स्पीडपोस्ट' से सपनों में और कभी 'ई-मेल' से कंप्यूटर में। रोज नया आकर्षक ब्रांड...नया विज्ञापन...नई सुन्दरी। आखिर कोई कब तक और कहाँ तक बच पाएगा?'

उसके गोल-मटोल से दिव्य चेहरे पर नीलम और रूबी जड़ी उँगलियाँ, घड़ी की सुईयों सी घूमने लगीं और दिमाग में 'ऑटोमैटिक अलार्म' बजना शुरू। ऐसे में वह अकसर दोनों हाथों की उँगलियों से सिर के बालों में कंघी करती है और चेहरा पौंछ हलके-हलके थपथपाती है। मानो मुखौटा उतार, नया फिट किया हो। बार-बार सिगरेट सुलगा, एक-दो लम्बे कश खींच, शेष बची सिगरेट ऐशट्रे में सुलगती छोड़ देती है। कभी-कभी तो एक ही ऐशट्रे में तीन-चार सिगरेट, एक साथ सुलगती रहती हैं। जितनी जल्दी सम्भव हो, सिगरेट का 'ब्राँड' बदल देती है। 'चार मीनार' से 'ट्रिपल फाइव' तक। हाँ! कभी-कभार ही ऐसा होता है कि मिस मर्यादा 'क्लासिक' का पैकेट कचरे में डाल, बीडी का बंडल जेब में लिए घूमने लगे। विदेशी सिगार पीने का मौका तभी लगता है, जब कोई प्रवासी भारतीय मित्र मेहरबान हो जाए। वैसे हर महीने, कोई न कोई मिलने आ ही जाता है। पूछो तो समाचार वाचिका-सी मधुर आवाज बताने लगती है, "जीवन में और कुछ तो बदल नहीं सकते, इसलिए 'ब्रांड' बदलते रहते हैं। आप बुरा न मानें तो मैं कहूँगी कि हम सब 'कंडोम कल्चर' यानी 'निरोध संस्कृति' के शिकार हैं। 'यूज एंड थ्रो'...वस्तु हो या व्यक्ति...क्या फर्क पड़ता है?"

खैर!...पूरी तरह तैयार होने के बाद उसने 'ब्लैक-कैट' को दूध पिलाया। खुद पेप्सी पीते-पीते, ब्रेड-बिस्कुट और केक कुतरती रही। रोज की तरह पैंट-शर्ट और 'टफ़' जूते पहने। 'टिप-टॉप' होते ही शर्माते हुए पूछा—'हाऊ डू आई लुक?' दूसरे ही पल शीशे में मुँह चिढ़ाती जुड़वाँ

बहन को डाँटने-फटकारने लगी। 'हूँऽऽऽ...लेडी श्री राम...नहीं, नहीं... मिस जानकी देवी...आई बड़ी परीजाद...शक्ल डायनों-सी, मिज़ाज डायना-सा।' और न मालूम क्या-कुछ बड़बड़ाते हुए–ठहाका मार हँसने लगी। उस समय ऐसा भ्रम-सा हुआ, जैसे कमरे में छन्न...छन्...न...छ... न...न... न रेजगारी बरस रही है और 'टफ़' जूते पहने दिगम्बरा देह पर अज़गर लिपटे हैं। अज़गर!

बहन जी भीतर कोने में बैठी भुनभुनाती रहीं, "अजीब लड़की है... ओवर नाइस गर्ल। कितनी बार समझा चुकी हूँ 'सुधर जाओ सिस्टर! सुधर जाओ। और कुछ नहीं, नाक में हीरे की लौंग तो डाल लिया करो।' पर ये कमबख्त सुनती ही नहीं। कहती है–'खुद ही डाल लूँ नाक में नकेल?' कभी सत्यम्, शिवम्, सुन्दरम् का रिकॉर्ड सुनते-सुनते, श्लोक सुनाने लगेगी 'सलज्जा गणिका नष्टाः, निर्लज्जाश्च कुलांगना' और कभी 'क्रेज़ी कोक' पढ़ते-पढ़ते, बताने लगेगी–धर्म, अर्थ, काम, मोक्ष के पुरुषार्थ। कितनी बार कहा, 'सुनो बहन! सुनो, सपने मत बुनो।' मगर मानती ही नहीं। 'ख़ानाबदोश' औरतों की आत्मकथाएँ पढ़-पढ़कर दिमाग खराब हो गया है। अच्छी भली पी-एच.डी. कर रही थी। बीच में ही छोड़कर भाग गई। छुईमुई-सी। 'छिन्नमस्ता' चुप रह नहीं सकती और बोलती ऐसे है जैसे 'मोती की पोती' हो। छुट्टियों में हवेली जाती है तो पता है दादा जी को 'फाइव स्टार ग्रैंडपा', पाप को 'गॉडफादर', मम्मी को 'सुपर मॉडल', भैया को 'बिग-ब्रदर' और बहनों को 'स्टॉर्स डॉटर्स' कहती है। भाभी को कभी 'हरी-भरी' कह देगी और कभी 'रस-भरी'। भैया का कोई दोस्त मिलने आएगा तो बोलेगी 'युअर्स फेथफुल्ली' पधारे हैं। भतीजी को पहले 'माइक्रो स्कर्ट' पहनाएगी और फिर चिल्लाएगी, 'सब कुछ दिखता है...सब कुछ।' "

"और तो और, एकदिन मैंने खुद शिकायत की कि शूटिंग के दौरान कई बार एहसास होता है कि तुम्हारा हीरो मुझे गलत जगह छू रहा है। जी में तो आया कि सुअर के बच्चे की जूतों से मरम्मत कर दूँ लेकिन तुम्हारी वजह से चुप रहना पड़ा। ये साहबजादी शान्ति... शान्ति...ऊँ शान्ति...करती रहीं और मुस्कराते हुए बोली, 'डोंट वरी...

एक्ट विद कॉन्फिडेंस'...समझा दूँगी...आगे से गलत जगह क्या, सही जगह भी छूने लायक नहीं रहेगा।' अब ऐसी सिरफिरी का कोई क्या कर सकता है? शायद मम्मी ठीक ही कहती है, 'हे भगवान! इस पगली को पता नहीं कब अक्ल आएगी? कैसे घर बसाएगी? मुझे तो लगता है ऐसे ही किसी दिन अनब्याही मर-मरा जाएगी।...परदेस में लावारिस।' मुँह पर भले ही कोई कुछ न कहे। पीठ पीछे तो लोग ऐसी अकेली लड़कियों को बिगड़ी हुई, आवारा, बदचलन, लफंगी, बेलगाम घोड़ी, कुलटा और पता नहीं क्या-क्या, कैसी-कैसी 'उपाधियाँ' देते होंगे? दफ्तर में तो लड़कियाँ ताना मारती ही रहती हैं। आजकल तो 'बॉस' बस एक ही हसीना के नाम का जाप करते रहते हैं। मर्यादा... मर्यादा...बाकी तो जैसे काठ की बनी हैं।"

उधर 'टेलीकॉन्फ्रेंस' खत्म कर 'सिरफिरी' लड़की ने फोन के उलटे-सीधे नम्बर दबाए, 'सेल्यूलर' उठाया, बटुआ 'लॉकर' में रखा, पर्स कन्धे पर लटकाया, बत्तियाँ बन्द कीं और दरवाजे पर ताला लगा थप्प... थप्प...थप्प करती सीढ़ियाँ उतरने लगी। सीढ़ियाँ उतर सोसायटी के मेनगेट तक आई, बाहर निकलकर सामने पनवाड़ी से 'डनहिल' का पैकेट ले, टैक्सी स्टैंड की तरफ बढ़ गई। कहीं दूर से आती आवाज सुनाई दी, 'आज यह बिजली कहाँ गिरेगी?'

मर्यादा ने चारों तरफ नजर घुमाई मगर मजनूँ का पता नहीं लगा। सवारी देखते ही सरदार जी उर्फ फौजी पगड़ी बाँधने और जूतियाँ ढूँढ़ने लगा। मिनटों में गाड़ी स्टार्ट कर फौजी, उसके सामने था और देखते ही देखते गाड़ी 'ओवर ब्रिज' से होती हुई 'फ्लाईओवर' पर।

फौजी अंग्रेजी में कुछ पूछने लगता है तो मेम साहिबा पंजाबी बोलने लगती है। फौजी हैरान-परेशान होता है और वह 'जो सोहनी सो सिक्खणी, जो झल्ला सो सरदार' याद कर खिलखिलाने लगती है। फौजी कहता है, "यू नो स्पीकिंग पंजाबी?" तो मेम एक-एक शब्द पर जोर देते हुए जवाब देती है, "मैंनू बोलणी ही नहीं, पढणी भी आंदी है ते लिखणी भी...तुसी मैंनू नहीं जाण दे, वीर जी! नहीं जाणदे।" फौजी को विश्वास हो गया 'पंजाबण है, पंजाबण।' इसके बाद तो दोनों

अहमदशाह अबदाली से जागीर कौर तक के पंजाब का इतिहास लिखते-लिखते, सीधे-सीधे स्वर्णमंदिर ही पहुँचकर चुप हुए होंगे। वहीं-कहीं पहुँचकर आँखों पर चश्मा चढ़ा कहा होगा, 'हुण तुसी जाओ, वीर जी!...मैंनू तो अत्थे टैम लग्गू...।' फौजी को बहुत देर तक तो समझ ही नहीं आया होगा कि यह क्या हुआ? हाँ! बीच-बीच में मर्यादा पीछे मुड़कर देखती रही कि कहीं कोई उसका पीछा तो नहीं कर रहा। अकसर वह सिगरेट के 'ब्रांड' की तरह घर पहुँचने के रास्ते और समय भी बदलती रहती है।

मर्यादा मेम साहब की पौने छह फुटी 'कार्बन-कॉपी' अन्दर ही अन्दर कुढ़ती रही। खीझते-खीझते भी वह सब कुछ वैसे ही 'रिकॉर्ड' करके रखती है, जैसे सिस्टर फोन पर हुई सारी बातचीत 'टेप रिकॉर्डर' में—ताकि सनद रहे। शुरू-शुरू में तो कामिनी-सी 'कार्बन-कॉपी' को समझ ही नहीं आता था कि 'सिस्टर' लोगों के फोन नम्बर तक 'सीक्रेट' क्यों रखती है? जासूसी करते-करते मालूम हुआ कि सूचना सोने से ज्यादा कीमती और बम से कम विस्फोटक नहीं होती। सुबह अखबार पढ़कर बता रही थी, 'पुलिस मुख्यालय पर हुए बम विस्फोट की सूचना देनेवाले को बाईस लाख रुपए इनाम।' धीरे-धीरे समझ आया कि 'घुण्णी' सी ने घर और दफ्तर के फोन पर 'कॉल ट्रांसफर' सुविधा क्यों ले रखी है!...बहुत चालाक 'हाई टेक' लड़की है।...लड़की नहीं लोमड़ी कहो, लोमड़ी! तभी तो दफ्तर जाने से पहले, घर का फोन नम्बर 'सेल्यूलर' पर 'ट्रांसफर' कर देती है और घर आते हुए दफ्तर का। बेचारे फोन! सुबह से शाम तक 'ट्रांसफर ऑर्डर' लिए इधर-उधर घूमते रहते हैं। 'सेल्यूलर' नम्बर किसी को बताती ही नहीं। मुझे ही नहीं पता। आप घर का नम्बर मिलाएँ या दफ्तर का—हर समय, हर जगह हाज़िर मिलेगी। वास्तव में हो सकता है कि न घर में हो और न दफ्तर में बल्कि 'एअरपोर्ट', 'हाईकोर्ट', 'स्टूडियो', 'सिनेमा', 'होटल', 'क्लब', 'अस्पताल', संसद या सूचना मंत्री के अध्ययन कक्ष में बरामद हो।

वह कब, कहाँ और किस-किस के साथ विचार-विनिमय कर रही होगी आप अनुमान तक नहीं लगा सकते। शेयर बाजार में कभी किसी

'बुल' और कभी 'बिअर' के चक्कर काटती रहती है। वह हर बार जानती है कि कौन, कहाँ से या किस नम्बर से बोल रहा है। 'बुल एंड बिअर' यानी तेजड़ियों और मंदड़ियों की आवाज अच्छी तरह पहचानती है। मन होगा (या जरूरत) तो आपकी बात सुनेगी, वरना 'ट्रिन्न...ट्रिन्न' होते ही 'स्विच ऑफ' कर देगी। फोन नम्बर अनजाना हुआ तो झट 'एक्सचेंज' से सम्पर्क स्थापित करेगी और नम्बर क्या, नाम-पता तक डायरी में नोट हो जाएगा। शेष 'जन्मपत्री' तो अपने आप बना लेगी। वैसे वह अपने आपको जो मर्जी समझती रहे लेकिन मैं जानती हूँ कि वह एक अजीब 'माया लोक' में भटक रही है। दरअसल जन सम्पर्क अधिकारी नहीं जानती कि यह सब तामझाम 'बॉस'...मेरा मतलब बड़े साहब ने सिर्फ इसलिए रचा-रचाया है कि वह कहीं भी रहे, हर समय फोन पर उपलब्ध होनी चाहिए। वरना कहाँ-कहाँ खोजते फिरेंगे? कुछ भी कहो मुझे तो 'बॉस' की नियत ठीक नहीं लगती।

जब तक फौजी गाड़ी मोड़ भीड़ में गुम नहीं हो गया, चश्मेबद्दूर सड़क किनारे खड़ी इधर-उधर का मुआयना करती रही। इसके बाद टेढ़े-मेढ़े रास्ते पार करके, बन्द गली के आखिरी मकान की ऊबड़-खाबड़ सीढ़ियाँ चढ़ते-चढ़ते, फूल-सी लड़की का साँस फूल गया।

पर्दा हटा कमरे में घुसी तो भावना (मिस या मिसेज...मालूम नहीं) लाल पेटीकोट और सफेद ब्लाऊज पहने, 'फ्रिज' के पास गम्भीर मुद्रा में खड़ी कुछ सोच रही थी। देखते ही भावना ने पहले खूब जोर से भींचा और फिर हलके-हलके सिर पर हाथ फेरते हुए कहने लगी, "आज तो एकदम 'फ्रैश एंड जूसी' लग रही हो।"

डार्लिंग ने थोड़ा झल्लाते हुए बेरुखी से घूरकर देखा। ऊपर से नीचे तक और फिर पर्स एक तरफ पटक, सोफे पर पसर गई।

भावना पानी का गिलास लेकर आई तो सखी ने लेटे-लेटे ही गिलास पकड़ा और गट्ट-गट्ट पी गई। पीने के बाद होंठों पर जीभ फेरते हुए कहा, "सचमुच बहुत ही प्यास लगी थी।"

भावना की आँखों में कबूतर 'गुटर गूँ...गुटर गूँ' करने लगे। न जाने क्या सोच, उसने कबूतर आकाश में उड़ाते हुए सिर्फ इतना ही

कहा, "डू यू वांट मोर... वा...ट...र?"

सखी ने सुना 'मन माँगे मोर...मोर...' परन्तु जान-बूझकर अनजान बनते हुए कहा, "नो...थैंक्स...प्लीज।" और दोनों एक साथ ठहाका मार हँसने लगीं। हँसती रहीं।

चाय पीने-पिलाने के बाद मेजबान ने पसीना पोंछते हुए कहा, "मैं ऐसा करती हूँ कि ए.सी. चला देती हूँ। तुम थोड़ी देर 'बेडरूम' में लेटो और मैं जरा 'बाथरूम' जाती हूँ...नहा-धोकर आती हूँ। खाना बना रखा है। दोनों खाएँगे और फिर आराम से बैठकर गप्पें मारेंगे।"

मेहमान ने मुंडी हिलाई और पर्स उठा, बेडरूम में जाकर लेट गई। जब तक मेजबान नहा-धोकर वापस आई, मेहमान अँधेरे में न मालूम क्या-क्या सोचती और वर्षों पुरानी पीतल की ऐशट्रे में सुलगती सिगरेट का धुआँ पीती रही। मर्यादा की जुड़वा बहन लगातार महसूस करती रही कि 'अब तो मॉडल घर में भी, विज्ञापन की भाषा बोलने लगी है। लाख छुपाने के बावजूद अतीत के मुँह पर पीड़ा और तनाव की उदास-सी रहस्यमयी रेखाएँ बनती-बिगड़ती रहती हैं।' इसी सोच-विचार के साथ-साथ समय की स्मृति में, भावना के साथ हुए हादसों की फिल्म-सी चलती रही—"रेप, आफ्टर रेप, आफ्टर रेप...थाना...कोर्ट कचहरी...पुलिस...वकील...माईलार्ड्स..." हॉस्टल बलात्कार कांड के अभियुक्त बाइज्जत रिहा। लड़की बदचलन और बदनाम थी।

आँख खुली तो दूधिया रोशनी में तौलिया बाँधे मॉडल, साक्षात सामने खड़ी गुनगुना रही थी, "मेरी झांझर चमचम चमके, लस्कारा जावे गली...गली।"

गायिका चुटकी बजाते-बजाते, तेजी से मटकती-गाती रही और सहेली उसकी पीठ पर छपी आत्मकथा का अनलिखा अध्याय पढ़ती रही। उसने सोचा, 'काश! मैं भी लिख पाती चक्रव्यूह से जिन्दा बाहर निकलने की संघर्षगाथा या तपती रेत पर 'नंगे पाँवों का सफर'। पढ़ने-लिखने के लिए समय ही नहीं मिलता। दफ्तर की भागदौड़ से जो समय मिलता है, वो टी.वी. और टैनिस मैच खा जाते हैं। कितने दिन से सोच रही हूँ कि 'होल वूमैन', 'बूंद बावड़ी' और 'दोहरा अभिशाप'

खरीदनी है।'

प्रिया ने 'फ्रैंच शिफॉन' की हलकी नीली साड़ी बाँध, पहले आईने में देखा और फिर साथिन की तरफ घूमते हुए पूछा, "साड़ी में कैसी लग रही हूँ?"

इस सवाल पर साथिन की हँसी बिखर, बाहर आँगन तक फैल गई। उसने हँसते-हँसते जोर से चिकोटी काट धीरे से कंकर फेंका, "मुझे तो बिना साड़ी के ही...सच में क्या चाँद सा मुखड़ा है और नायाब हीरे सी देह।"

सौन्दर्य समीक्षक के मुँह पर हाथ रखते हुए चाँदनी कहने लगी, "वाह उस्ताद! वाह! क्या कश्मीरी सेब या पहाड़ी टमाटर जैसे गाल हैं–उल्लू की पट्ठी के!"

'ब्यूटी एक्सपर्ट' छूटते ही बोली, "मैंने ऐसा कुछ नहीं कहा।"

हीरे से ज़िस्म ने साड़ी का पल्लू सम्भालते हुए सोचा, 'सुन्दरता स्त्री के लिए वरदान है या अभिशाप?' और कहा, "असली मतलब तो यही है ना।"

"...खैर छोड़ो सौन्दर्यशास्त्र...पहले भोजन कर लो, फिर करती रहना टाँग खिंचाई।"

मित्रों ने हाँ में हाँ मिलाते हुए छक्का लगाया, "तेरी टाँगों के सिवा दुनिया में रखा क्या है?" और जीभ दिखाते हुए, बाथरूम में भाग गई।

मिस डायमंड खाना लगाते-लागते फिर गुनगुनाने लगी, "मेरी झाँझर चमचम चमके...।"

बाथरूम में खड़े-खड़े मर्यादा सोचती रही–'लगता है घाव भर रहे हैं...। कुछ दिन को मिलने आई थी। मगर यहीं आकर बस गई। बस रही है। बस जाएगी...। कभी-कभी डर लगता है कि कहीं फिर दिमाग न घूम जाए।'

मेजबान 'डाइनिंग टेबल' पर बैठी-बैठी तबला ठोकती रही। बीच-बीच में बोली, "अरे भई! क्या हुआ? किसने पकड़ लिया? सब ठंडा हो रहा है।"

मेहमान 'बाथरूम' से निकलते ही भड़की, "क्यों शोर मचा रही हो?

मेरा कोई क्या करेगा? मुझे तो वैसे भी गर्मागर्म खाने की आदत नहीं। ठंडा करके ही खाती-पीती हूँ।"

मेजबान लगभग खीझते हुए इतना ही बोली, "अच्छा बैठ जा चुपचाप, नहीं तो बहुत मारूँगी।"

'नॉटी-गर्ल' नयना मचाते हुए "क्या-क्या?" करती, प्लेट में खाना डालने लगी। खाते-खाते मेहमान कभी हरी मिर्च माँगती और कभी आम या नींबू का अचार। कभी कहती "पापड़ है क्या?" और कभी "दही होता तो मजा आ जाता।"

गृहस्वामिनी ने हरी मिर्च, अचार, पापड़ ला सामने रखते हुए बहाना बनाया, "अरे यार! सवेरे दही जमाना भूल ही गई।"

चटोरी गेस्ट ने सुना, बहानों की तरफ देखा और आहिस्ता से फिकरा फेंका, "सवेरे नहीं...रात को जमाना चाहिए था...वैसे कहते हैं कि डूमों के घर में दही नहीं जम सकती।"

उसे लगा जैसे गेंद सिर के ऊपर से गुजर गई। सोचा स्पष्ट करूँ पर 'आइडिया ड्रॉप' ही कर दिया। भावना "ये लो, वो लो" कहती रही मगर 'क्रेज़ी-गर्ल' ने दोनों हाथ ऊपर उठा दिए, "बस डियर, अब और नहीं...वरना बेकार में मर-मरा जाऊँगी।"

सुनते ही 'डियर' के सिर पर सफेद कबूतरों का जोड़ा आ बैठा। उसने उठकर रसोई की तरफ जाते हुए पूछा, "चाय...आइसक्रीम...या आम?"

'गर्लफ्रेंड' ने थोड़ा सोचकर कहा, "मौसम तो आम चूसने का ही है, पर 'मूड' नहीं है।"

भावना ने छेड़ा, "आम चूसने का मूड नहीं है तो कोई बात नहीं। 'हैव ए फीस्ट ऑव ए बिग एफ...आई मीन वाल्स आइसक्रीम। बोलो क्या सलाह है।'"

सखी ने सुना पर अनसुना कर दिया। बोली कुछ नहीं मगर बहुराष्ट्रीय फूहड़पन पर, गुस्से में लाल-पीली होती रही।

भावना ने फ्रिज खोल, दो आम निकाले और एक अपनी दोस्त की ओर उछालते हुए 'कैच एंड एंज्वाय, कैच एंड एंज्वाय' गाने लगी। दोस्त

ने फुर्ती से कैच किया और फिर मुँह पोंछने तक 'टेस्टी...वैरी टेस्टी। थेंक्यू प्रिय! थेंक्यू वेरी मच' कहती रही।

कह तो दिया लेकिन मन अपराध बोध से भारी हो उठा।

भावना ने बाहें फैला मर्यादा को डूबते-डूबते बचा लिया। बचाने के बाद भावना ने पूछा, "कैसी हो मिस...किसमिस?"

मर्यादा ने कहा, "ठीक हूँ...ज्यादा लाड़ अच्छा नहीं। कोई देखेगा तो कहेगा–शर्तिया लेस्बियन हैं, लेस्बियन।"

'लंच एंड मैंगो फीस्ट' के बाद, दोनों काफी समय तक स्कूल, कॉलेज, घर-परिवार, कस्बाई अड़ोस-पड़ोस, सुहागन सहेलियों, बिछड़े प्रेमियों, पुरानी फिल्मों, 'लेटैस्ट फैशन' और 'सेक्स' से 'सेनसेक्स' तक, दुनिया भर की पैदल यात्रा करते-करते खर्राटे भरने लगीं। नींद में विज्ञापन से सपने, छिपकली की तरह रेंगते रहे। कभी किसी प्रेम कविता से और कभी किसी यथार्थ कथा से। या 'देह की तरफ, झुकती हुई आत्मा' से।

सोते-सोते भावना, किसी सीलन भरे तहखाने से बाहर निकलने के लिए उठती है। ऐतिहासिक संग्रहालय में 'स्टेनगन' ढूँढ़ती है और हवा में 'फायर' करती हुई, श्मशान से अभिलेखागार की तरफ बढ़ जाती है। अपनी ही परछाई से डरकर सहमती है। न जाने कब से भीतर बिखरे पड़े चीनी के खेल-खिलौने, अचानक हाथ-पाँव हिलाने लगते हैं। बोलते हैं तो लगता है जैसे हजारों साल दूर से बोल रहे हों। कुछ समझ नहीं आता। आवाज धीरे-धीरे गूँजने लगती है। वह पूछती है 'कौन-सी भाषा है, गुरु जी? बिजली कड़क रही है या थार में बरसात हो रही है? फिर सावन में खतरनाक रेतीला अन्धड़ कैसे? कुछ भी दिखाई नहीं दे रहा।' अन्दर के कमरे में, फोन की घंटी बजने लगती है। भयभीत-सी आगे बढ़ फोन उठाती है। 'हैलो...हैलो' के बाद, केवल इतना ही सुनाई पड़ता है 'सुनो...लिसन...सुनो!' आवाज तो जानी-पहचानी-सी है मगर किसकी है? कुछ याद नहीं आता। इतनी रात गए, कौन हो सकता है? कौन?

खिड़की खोल बाहर झाँकने लगती है। कुछ लोग एक नंग-धड़ंग-जवान औरत के हाथ बाँध, चुटिया पकड़, बर्फीले पहाड़ी जंगलों की

तरफ ले जा रहे हैं। लगभग घसीटते हुए। औरत की चीख के साथ ठाँय! ठाँय! और जंगल चिता की तरह धू-धू करके जलने लगता है। नजर घुमाते ही चारों तरफ बहुत से खूंखार जंगली जानवर भागने-दौड़ने और शिकारी कुत्ते भौंकने लगते हैं...'शी वाज बिच्च...द बिच...द बिच।' भौंकते-भौंकते कुछ कुत्ते अचानक जोर-जोर से रोने लगते हैं। वह खिड़की के पर्दे उतारती है। कैंची से काट-काटकर रंगीन कतरनें हवा में उड़ाती है। हवा में कतरनें ऐसे उड़ती दिखाई पड़ती हैं, जैसे किसी बड़े से हॉल में बहुत सारी बच्चे पतंग और गुब्बारे उड़ा रहे हों। बच्चे...गुब्बारे...धड़ाम...धड़ाम। बच्चों की भीड़ में छोटी-सी, प्यारी-सी, खरगोश-सी शर्मीली बच्ची ठुनकते हुए कह रही है, "मम्मी...मम्मी...मुझे भी पतंग दिलवाओ ना...मैं भी उड़ाऊँगी...जादू दिखाऊँगी।"

भावना घबराकर उठी तो मर्यादा का 'सेल्यूलर ट्रिन्न...ट्रिन्न' कर रहा था। भावना ने मर्यादा की पीठ पर थपकी देते हुए कहा, "अरी उठ जा ना! तेरा लाडला कितनी देर से सुबक रहा है। खड़ी होकर दूध-वूध पिला। मैं चाय बनाकर लाती हूँ।"

मर्यादा ने ऊँघते-ऊँघते फोन उठाया, नम्बर देखा और 'स्विच ऑफ' कर, फिर लेट गई।

भावना ने चाय का कप पकड़ाते हुए पूछा, "किसका फोन था? कौन याद कर रहा है राजकुमारी को?"

मर्यादा ने बौखलाते हुए, गुस्से में कहा, "अरे यार! वही स्साला 'बॉस' हर संडे सुबह से शाम तक, पीछे पड़ा रहता है। सवेरे-सवेरे सूट-बूट-टाई टाँगकर, घर से निकल लेता है। शाम तक ज़रदे के पान चबाता घूमता रहता है—मुर्गी की तलाश में। अकेली लड़कियों को फाँसने की नई-नई तकनीक ईजाद करता रहता है। पहली बीवी से तलाक हो गया, बच्चे हॉस्टल में हैं। खुद हरदम हीरो बना झूमता रहता है। बेटी...बेटी करते-करते 'लिबर्टी' लेने लगता है।

"लड़कियाँ एक हद तक चुप ही रहती हैं। क्या करें? कोई भोली-भाली हुई तो उसकी बरबादी निश्चित है। एक बार चक्कर में आ गई तो सालों 'ब्लैकमेल' होती रहेगी। ऐसी ही एक बहुत पुरानी सैक्रेटरी

है, जो इस हरामी की दल्ली बन गई है। शक्ल से ही बाईजी लगती है। नई-नई लड़कियों को बहलाती, फुसलाती, समझाती है–'साहब बहुत 'महान' हैं। मेहरबान हो गए तो टाइपिस्ट से डायरेक्टर बन जाओगी'। सारी उम्र राज करना। मन लगाकर सेवा करोगी तो मेवा ही मेवा बरसेगी।' अरे! बड़ी 'कुत्ती शै' है। उसकी अलमारी में 'कामसूत्र', 'क्लाईमैक्स' से 'प्ले बॉय' तक और 'कोहिनूर' से 'वियाग्रा' तक सब मिल जाएगा। एक दिन मुझे ही पट्टू डालने लगी–'देखो अमूमन औरतों के लिए कामयाबी का राज है 'बड़े बाप की बेटी या अफसर संग लेटी।' तुम तो खैर! बहुत बड़े बाप की लाड़ली हो। तुम्हारे पापा तो 'बॉस' के लंगोटिया यार हैं। तुम्हें किसकी, क्या परवाह?"

"सच, कभी-कभी तो लगता है कि औरत वास्तव में ही 'आटे' का दिया होती हैं–घर में चूहों से डर, बाहर कव्वों से। हर वक्त एक अनजाने खतरे का आतंक घेरे रहता है। घर में अकेलापन सालता है और बाहर भेड़ियों का भय। घर में होती हूँ तो मन करता है, बाहर निकलूँ। बाहर निकलती हूँ तो घर लौटने की जल्दी मच जाती है। तुम तो...खैर...।" बताते-बताते मर्यादा सावधान की मुद्रा में खड़ी हो गाने लगी, 'जन गण मन अधिनायक जय हे...।'

भावना सुनती और सोचती रही 'मुक्ति का रास्ता क्या है? घर... परिवार, समाज, कानून, न्याय...नहीं...सैल्फ डिफैंस के सिवा कोई चारा नहीं। मुकदमा ही लड़ना है तो फिर हत्या का ही लड़ो। फाँसी तो होने से रही। हमें भी तो अपने बचाव में हथियार उठाने का हक है कि नहीं?'

खतरनाक इरादों को जेब में रखते हुए भावना ने कहा, "अरे भई! दुःखी मत हो। चूहों के लिए एक पिंजरा खरीदो और कव्वों के लिए तो मुर्गी की 'टाँग' ही काफी है। मैं अब समझी कि जब से आई हो तब से इतनी परेशान क्यों हो? मैं भी कहूँ, हँसी-मजाक करके क्या छिपा रही हो?"

मर्यादा ने आफ़त मचाई, "चलो भई! जल्दी से तैयार हो जाओ। बहुत मस्ती कर ली।"

बिस्तर छोड़ मर्यादा यही राग अलापती रही, "बाजार जाऊँगी, बुलैट-प्रूफ लाऊँगी।"

भावना ने जब कहा, "छोड़ो ना! फिर किसी दिन चलेंगे शॉपिंग करने," तो मर्यादा ने बिगड़ते हुए समझाया, "नहीं गोरी! नहीं। आज 'फिफ्टी परसेंट ऑफ' का आखिरी दिन है। आखिरी। तुमने ही तो किया था वो एड, सिर्फ जीन पहनकर...भूल गई?...चलो...फटाफट... मिस फिफ्टी परसेंट!"

भावना ने दाँत भींच, गोली चलाने के नाटकीय अंदाज में दो-तीन बार कहा, "अच्छा मिस बुलैट-प्रूफ।...चलो आज हम भी चलते हैं अपनी मॉड (लिंग) का तमाशा देखने। तुम अगर 'बुलैट-प्रूफ' खरीदोगी तो मुझे तो रिवॉल्वर ही लेना पड़ेगा ना!"

ऊबड़-खाबड़ सीढ़ियाँ उतरने और 'ब्लाइंड-स्ट्रीट' पार करने के बाद, सड़क पर पहुँचीं तो दूर-दूर तक बन्द दुकानों के आमने-सामने फौजी गश्त लगा रहे थे। लैफ्ट-राइट-लैफ्ट। दोनों ने एक-दूसरे की तरफ गौर से देखा और चुपचाप ऐसी लापता हो गईं, जैसे अंधेरी बन्द गली में दफना दी गई हों।

शहर में आम चर्चा है कि पीछे-पीछे एक छोटी-सी, दुबली-पतली और साँवली-सी लड़की आई और गली में पड़े एक जोड़ी सैंडिल और जूते उठाकर भाग गई। पुलिस हत्यारे की तलाश में घूम रही है और हत्यारा जूतों की।...जूते तो वो छोटी-सी, प्यारी-सी, खरगोश-सी शर्मीली लड़की उठाकर भाग गई और न मालूम किस कोख़ में जा छुपी...।

(हंस, 1999)

भेड़-भेड़िए

पता नहीं मुझे क्यों लगता है कि फ्रिज में रखा दूध फट गया होगा। 'डीप फ्रिज' खोलते डर लगता है कि गले-सड़े सम्बन्धों की लाशें बाहर निकल आएँगी। हर समय महसूस होता है कि रिश्तों की तमाम पावनता-पवित्रता सन्देह के घेरे में आ खड़ी हुई हैं। बाहर ही नहीं, दोस्तों या रिश्तेदारों से भी डर लगने लगा है कि कहीं कोई साजिश तो नहीं रच रहा। बड़े भाई ने जूस का गिलास लाकर दिया तो दिमाग में सन्देह के कीड़े कुलबुलाने लगे कि जरूर ज़हर मिलाकर लाया होगा। आस्था और विश्वास-काँच के टुकड़ों की तरह, दिलो-दिमाग में बिखरे पड़े हैं और रह-रहकर चुभते रहते हैं। घर से दफ्तर के बीच का रास्ता, किसी सुनसान श्मशान सा लगता है। सारी रात सपने में कभी भूखा-प्यासा और लहूलुहान, दूर तक पसरे थार, बीहड़ जंगल या दुर्गम पहाड़ियों में चीखता-चिल्लाता घूमता रहता हूँ। कभी किसी तूफानी नदी में कागज़ की किश्तियाँ चलाते-चलाते डूब जाता हूँ। मैं उस घटना-दुर्घटना को भूलना चाहकर भी, भूल ही नहीं पाता।

हमारा घर माणिक की हवेली से थोड़ी ही दूर था, सो आना-जाना

लगा ही रहता था। जन्मदिन की 'पार्टी' से लेकर 'पिकनिक' तक में अकसर माणिक हमारे साथ ही रहता। धीरे-धीरे माणिक, मधु के प्रेम के चक्कर में पड़ गया था। न जाने कब, क्यों और कैसे? सम्भवतः मधु का सपना था, अपना एक 'ब्यूटी पार्लर' खोलना और माणिक ने उस सपने को हकीकत में बदलने के ख्वाब दिखाने शुरू कर दिए थे।

माणिक की हवेली, किसी आलीशान किले से कम न थी। हवेली के बाहर चमचमाती देशी-विदेशी महँगी गाड़ियाँ खड़ी रहती थीं और बड़ी-बड़ी मूँछों वाले चौकीदार। हवेली के चारों तरफ हमेशा पेड़, पौधे और रंग-बिरंगे फूल खिले रहते थे। दो-तीन माली सुबह से शाम तक इनकी बच्चों से भी ज्यादा देखभाल जो करते थे। हर कमरे में 'एयर कंडीशनर' और फर्श पर ईरानी कालीन। दिवाली के दिन तो हवेली, दुल्हन-सी सजी दिखाई देती थी।

आए दिन हवेली में कोई न कोई पार्टी या जश्न होता और मेहमान (युवा स्त्री-पुरुष) देर रात गए तक शराब पीते, मादक संगीत की धुनों पर नाचते-गाते, खूब मौज-मस्ती करते और सुबह होने से पहले ही गायब हो जाते। हर महीने कबाड़ी आता तो अखबार, चिकने पन्नों वाली फिल्मी मैगजीन, अंग्रेजी नॉवेल और शराब की सैंकड़ों खाली बोतलें ('टीचर', 'जॉनी वाकर', 'शिवास रिगल', 'ब्लैक डॉग') बोरी में भरकर ले जाता।

माणिक कोई बहुत बड़ा उद्योगपति या कारोबारी नहीं बल्कि 'प्रॉपर्टी डीलर' था यानी दोनों तरफ से दो प्रतिशत कमीशन पर जमीन, कोठी, बंगले, फ्लैट खरीदवाने-बिकवाने का काम करता था। दरअसल उन दिनों गली-गली में 'प्रॉपर्टी डीलर', 'ब्यूटी पार्लर' और 'एन.जी.ओ.' के बोर्ड लगने शुरू हो गए थे। देखते-देखते लोगों के लिए दलाली से अच्छा और कोई काम नहीं रह गया था। दलाली चाहे जमीन-जायदाद की हो या किसी भी सरकारी खरीद की। यहाँ तक कि बहुत से लोग तो 'कोटा', 'परमिट', 'पेट्रोल' पम्प का 'लाइसेंस', चुनावी टिकट और हवाई जहाज से लेकर तोपों की खरीद तक की दलाली करने लग गए थे। हींग लगे न फिटकरी, रंग चोखा भी चोखा। अदालतों की बाहरी

एक खबर पढ़ने लगा।

पढ़ते-पढ़ते अचानक कानूनी पन्ना सामने था। सबसे नीचे एक कॉलम में मुश्किल से दस लाइनों का समाचार–सुप्रीम कोर्ट द्वारा माणिक केस में दायर, राज्य सरकार की याचिका खारिज। फैसले में कहा गया है कि ट्रायल कोर्ट ने प्रतिवादी को फाँसी की सजा सुनाई मगर हाईकोर्ट ने इसे 20 साल कैद में बदल दिया। हाईकोर्ट के फैसले के विरुद्ध राज्य सरकार ने, विशेष अनुमति याचिका दायर की जिसे दो साल बाद सुनवाई के लिए स्वीकार कर लिया गया। स्वीकार करने के छह साल बाद, अब यह अपील अन्तिम सुनवाई पर आई है। सभी पक्षों ने माना कि इस बीच, बीस साल की सजा पूरी होने के कारण माणिक को जेल से रिहा कर दिया गया है। इस हालात में अपील मंजूर करके, 'सजा-ए-मौत' का आदेश देना, सचमुच न्याय का मजाक उड़ाने के समान होगा। हालाँकि हम ट्रायल कोर्ट के फैसले को सही मानते हैं, जिसमें कहा गया है कि प्रतिवादी द्वारा किया अपराध, वास्तव में बेहद बर्बर है और किसी रहम के काबिल नहीं है।

माणिक जेल से कब रिहा हुआ...मुझे पता भी नहीं चला। उफ़... पता नहीं लड़का कब, चाय का कप रखकर चला गया और चाय रखी-रखी ठंडी हो गई या खबर पढ़ते-पढ़ते कब, कैसे और क्यों बेहोश हुआ और कौन मुझे उठाकर अस्पताल लाया। होश आया तो मैं किसी विशाल अदालत के खंडहरनुमा संग्रहालय में घुन्न या दीमक लगी मेज-कुर्सियों और किताबों के ढेर में आग लगा, जोर-जोर से बोलता जा रहा था, 'ऑर्डर...ऑर्डर...जस्टिस...हाज़िर हों।'

आग की रोशनी में, सामने बनी मीनार के पत्थर पर बनी सदियों पुरानी कोई कलाकृति दिखाई दी तो पास जाकर देखने लगा और देखता ही रह गया। किसी भेड़िएनुमा आदमी के एक हाथ में भारी सी तलवार थी और दूसरे में तराजू। उसके पीछे, एक बड़े से पेड़ पर बैठे बन्दर–अजीब-अजीब सा मुँह बना रहे थे और बेहद भयभीत नजर आ रहे थे। दायीं तरफ बाड़े में बन्द, भेड़ों के सिर पर काली पट्टी बँधी थी। उसके ठीक सामने काठ का काफी मोटा सा लट्ठा रखा था, जिस पर खून

से लथपथ कटी हुई भेड़ पड़ी थी। मुझे ऐसा लगा, जैसे तराजू के एक पलड़े में भेड़ का मांस है और दूसरे में सोने-चाँदी के सिक्के। भेड़िएनुमा आदमी के चेहरे पर, रहस्यमयी-सी मुस्कान और अपार सन्तोष नजर आ रहा था।

दोस्तो! मुझे तो आज तक उस कलाकृति का सही-सही मतलब समझ नहीं आया। आपको कुछ समझ आये तो मुझे जरूर बताना। मैं सचमुच आपका आभारी हूँगा।

('अकसर', अक्टूबर 2011)

●●●